Luiz Antonio Aguiar

ESOPO

Liberdade para as Fábulas

ILUSTRAÇÕES DE MÁRCIA SZÉLIGA

1ª edição

Copyright do texto © Luiz Antonio Aguiar, 2017.
Copyright das ilustrações © Márcia Széliga, 2017.

Todos os direitos reservados.
Nenhuma parte desta obra, protegida por copyright, pode ser reproduzida, armazenada ou transmitida de alguma forma ou por algum meio, seja eletrônico ou mecânico, inclusive fotocópia e gravação, ou por qualquer outro sistema de informação, sem prévia autorização por escrito da editora.

Consultoria editorial: Anna Rennhack
Preparação de texto: Karina Danza
Revisão: Fernanda A. Umile
Projeto gráfico e diagramação: Mauricio Nisi Gonçalves

CIP-BRASIL. CATALOGAÇÃO NA PUBLICAÇÃO
SINDICATO NACIONAL DOS EDITORES DE LIVROS, RJ

A23e

Aguiar, Luiz Antonio, 1955-
    Esopo: liberdade para as fábulas / Luiz Antonio Aguiar ; ilustrações Márcia Széliga. – 1. ed. – São Paulo : Escarlate, 2017.
    il. ; 25 cm.

    ISBN: 978-85-8382-052-9

    1. Ficção infantojuvenil brasileira. I. Széliga, Márcia.
II. Título.

| 17-39522 | CDD: 028.5 |
| | CDU: 087.5 |

03/02/2017   06/02/2017

Este livro segue o Novo Acordo Ortográfico da Língua Portuguesa.

Direitos reservados para todo o território nacional pela
SDS Editora de Livros Ltda.
Rua Mourato Coelho, 1215 (Fundos) – Vila Madalena – CEP: 05417-012
São Paulo – SP – Brasil – Tel./Fax: (11) 3032-7603
www.brinquebook.com.br/escarlate – edescarlate@edescarlate.com.br

Sumário

1. O lobo e o cordeiro… 6

2. O coelho e a tartaruga… 10

3. O bambu e a amendoeira… 13

4. O comerciante e seus três filhos… 20

5. O caçador… 26

6. As rãs que queriam um rei… 31

7. A raposa e as uvas… 34

8. A galinha e os ovos de ouro… 38

9. O pastor gozador… 42

10. Pescador de águas turvas… 46

11. A feiticeira… 49

12. A cigarra e a formiga… 52

13. Os mercadores indecisos… 56

14. O leão e o galo… 59

15. A vespa e a serpente… 62

16. O lobo faminto… 65

17. O mosquito e o touro… 69

18. O marujo e as formigas… 72

19. Briga de galos… 75

20. Penas de águia… 79

21. *Conta-se que, numa época*… 86

Biografias dos autores… 87

Você já deve ter ouvido falar de um personagem que viveu há muito tempo na Grécia e que inventava histórias curtas e surpreendentes sobre bichos que falavam e deuses cheios de caprichos – frequentemente mal-humorados com os mortais.

E também já deve ter escutado (ou vai escutar qualquer dia, sem dúvida) falar da incrível corrida disputada entre a tartaruga e a lebre; da história da raposa metida e das uvas; da formiga e da cigarra, entre tantas outras.

Ou pode, ainda, ter escutado alguém falar que um sujeito é "pescador de águas turvas", uma maneira de dizer que uma pessoa só consegue se dar bem quando a situação geral está para lá de ruim para todos os demais.

Agora, neste livro, você vai descobrir que Esopo é o criador da história de onde veio essa expressão e de muitas outras que originaram várias expressões que usamos no nosso dia a dia.

Na verdade, nem temos certeza se Esopo existiu mesmo ou se foi um personagem lendário. Mas isso não importa tanto quanto a influência que essas histórias atribuídas a ele tiveram. Muitas delas foram reaproveitadas, recontadas e adaptadas por escritores famosos, como o francês Jean de La Fontaine (1621-1695) e diversos outros. Algumas dessas fábulas até se transformaram em ditados populares. Outras serviram de início para contos, romances e aventuras levados para os quadrinhos, teatro e cinema. Por isso elas são tão importantes.

Há centenas de fábulas atribuídas a Esopo. Para esta obra, escolhemos algumas delas. O que se procurou foi reunir aqui as mais famosas, as que não podiam faltar e outras especialmente curiosas e interessantes.

Com isso, você tem, além da aventura da vida de Esopo, um bom passeio nesse reino tão divertido e intrigante por onde a imaginação dele viajava.

Boa jornada e boa leitura!

1
O Lobo e o Cordeiro

Certa vez, um lobo, de tocaia junto à margem de um rio, viu um cordeiro, mais abaixo, bebendo água e berrou:

— Ei, você! Que história é essa de sujar o rio? Agora não posso mais matar minha sede! Como castigo, vou devorar você!

— Mas, seu lobo — respondeu o cordeiro assustado —, como posso ter sujado o rio se apenas encosto a beirada da minha boca na água? Além do mais, o senhor está mais para cima, e a correnteza passa por mim depois de ter passado pelo senhor. Não há como eu sujar a água que o senhor vai beber. Então, não tem motivo para me devorar.

— Tenho, sim! — uivou o lobo. — Você xingou o meu pai no ano passado.

— Mas eu nem sequer havia nascido no ano passado, senhor lobo!

— Ora, quer saber? Vou devorar você, porque se acha muito esperto e quer ter resposta para tudo! Fim de papo!

E assim o lobo devorou o cordeiro.

Atenas, século VI a.C.

Esopo calou-se assim que pronunciou as últimas palavras de sua historieta.

Em torno dele, havia se juntado um bom número de ouvintes. O contador de fábulas já era bastante conhecido nessa época.

A reação que suas histórias provocavam nem sempre era das mais simpáticas. Os ouvintes começaram a trocar olhares. Havia alguns com um sorriso sutilmente desenhado nos lábios, como se tivessem captado uma mensagem secreta na história. Entretanto, a maioria deles parecia não saber o que pensar. E havia outros bem irritados, inconformados por Esopo não lhes explicar abertamente o que pretendia sugerir com o pequeno drama no qual o jovem cordeiro, tão razoável, tão sensato, não conseguira evitar sua morte. Se é que o ex-escravo pretendera, de fato, dissimular alguma *mensagem* na fantasia vivida por dois animais, nada mais do que personagens irracionais de um reino que não existia na Terra.

Ainda se passariam muitas décadas antes de Atenas viver a sua *Era de ouro*, que a tornou o berço da escultura, da arquitetura, da filosofia, do teatro e da história ocidentais. Ainda não existiam as lindas construções, como o Partenon, cujas ruínas encantam milhares de visitantes até hoje. Atenas era, então, uma cidade miúda, descolorida, perturbada por disputas políticas internas e conflitos externos. No entanto, já no tempo em que Esopo vivia por lá, era um dos centros mais importantes daquela região da Grécia, chamada Ática.

Estavam na Ágora, ponto de encontro diário dos atenienses. Era o local onde discutiam política, fechavam negócios e onde ocorriam as assembleias que tomavam as mais importantes decisões da cidade, sempre por votação – era a democracia ateniense em ação. Mas não para todos...

Atenas podia até se orgulhar de seu sistema político. Mas a *democracia ateniense* somente existia para quem fosse nascido na cidade, do sexo masculino e livre. Estrangeiros, mesmo residentes há anos, escravos e mulheres não contavam. Não eram considerados *cidadãos*. Não podiam votar nem ser votados para cargos públicos. Muito menos criticar os governantes. Para eles restava comentar, discretamente, que o poder estava mais relacionado à força do que à justiça.

Esopo não era um *cidadão ateniense*. Não admitiriam que se apresentasse na Ágora para dar opiniões sobre os assuntos públicos. Assim, tudo o que fazia por lá era contar suas histórias – chamadas de *fábulas*. Mesmo que, muitas vezes, fossem recebidas com estranheza.

Eram diferentes de tudo o que conheciam. Não eram longos e heroicos poemas, narrando guerras nas quais deuses e mortais decidiam o destino da civilização.

Nem hinos, louvando os poderes dos imortais do Olimpo. Nelas, os animais falavam e tinham atitudes bastante *humanas*. Alguns bichos pareciam muito com personalidades da cidade e da Grécia. Além disso, nas fábulas de Esopo, deuses e heróis faziam coisas que nem sempre estavam de acordo com o brilho que a mitologia lhes dava. Em algumas, demonstravam até mesmo ter... *defeitos*. E defeitos bastante *humanos*.

– O que esse sujeito está querendo dizer? Que raio de história é essa, afinal?

Algumas fábulas de Esopo os perturbavam. Como aquela que acabara de contar, do lobo e do cordeiro.

De fato, a pequena história fora tão breve que muitos ainda não haviam entendido que terminara. Quem sabe tinham perdido alguma coisa?

Enquanto isso, Esopo percorria a multidão com os olhos, parecendo sorrir. Era como se estivesse rindo, sim, dissimulado pela sua voz mansa, às vezes ainda entrecortada, o ex-escravo até há alguns anos mal conseguia falar, perseguido por uma perversa gagueira. E rindo deles todos. Ou criticando-os duramente. Logo ele, que, embora agora um homem livre, tudo o que possuía era a túnica grosseira que vestia, as sandálias que calçava e o cajado que o ajudava a carregar sua corcunda.

Sim, Esopo lhes parecia uma figura feia, disforme, desagradável à vista; mas, quando contava suas fábulas, eles não conseguiam deixar de prestar atenção, mesmo sem ter certeza do que Esopo estava falando. Seriam histórias para crianças? Fantasia pura? Brincadeira?

Esopo sempre agia daquela maneira. Contava a fábula, numa voz de pouco drama, como se estivesse narrando um caso absolutamente trivial. Ao final, calava-se, deixava a história solta no ar. E havia aquele seu sorriso esquisito...

– Se é que está mesmo sorrindo! Com a cara feia que tem, não dá para saber! Pode estar sentindo cólicas... – murmurou um dos ouvintes, irritado.

Apesar da sua figura, não se atreviam a desprezá-lo. E não somente pelas interrogações que as fábulas deixavam neles: circulava um rumor de que aquela criatura, por mais surpreendente que isso soasse, era protegida da deusa Palas Atena – a padroeira da cidade. Os rumores que corriam sobre aquele estrangeiro eram inacreditáveis...

O Coelho e a Tartaruga

Um coelho, muito orgulhoso de sua ligeireza, debochava sempre da tartaruga. Ora, o quelônio cascudo era conhecido por fazer tudo muito devagar. Até porque já tinha vivido tantos e tantos anos que havia até perdido a conta da idade que tinha.

— Pressa para quê? — dizia docilmente.

Além disso, se aos olhos de outras tartarugas ele era um sujeito bonitão, para outras, sua pele enrugada, tanto a do pescoço como a das patas, não era das mais atraentes. Todos achavam o coelho — tão branquinho, tão peludinho, tão fofinho — um verdadeiro galã de peças do teatro grego, comparando com a tartaruga.

— Você se acha o máximo! — disse a tartaruga chateada com a implicância do coelho. — Mas garanto que venço você numa corrida!

— Hein?! Ficou doida! — replicou o desafiado.

— Venço! E com folga! — teimou a tartaruga.

Todo o bosque foi assistir à corrida. Por exigência da tartaruga, foi escolhido um percurso bem longo e sem nenhuma árvore para oferecer sombra. E a corrida foi marcada para o primeiro dia de sol forte. O coelho, confiante de que ganharia independente das condições, não quis saber de discutir detalhes.

No dia da prova, mal deram o sinal de largada, o coelho, às gargalhadas, disparou e abriu enorme vantagem. E continuava desperdiçando fôlego rindo, quando não havia chegado nem a um terço do trajeto. Mas estava tão na frente, tão adiantado que, vendo uma moita convidativa, que oferecia a única proteção contra o sol em toda aquela trilha, resolveu parar um pouco para descansar.

Só que acabou caindo no sono.

Enquanto o coelho dormia, a tartaruga, devagar e sempre, ultrapassou a moita onde seu adversário estava e seguiu adiante.

Não deu outra. O coelho só acordou muitas horas depois. Saiu correndo o mais rápido que pôde, porém, quando chegou à linha de chegada, já encontrou armada uma tremenda festa... para comemorar a vitória da tartaruga.

E foi a vez dele, então, de aguentar muito deboche e dolorosas gargalhadas, que o perseguiram por bastante tempo, já que volta e meia alguém se lembrava de recontar, sempre acrescentando detalhes, como fora a célebre corrida.

Ninguém dava nada por ele.

Em Atenas, um escravo – como tantos, capturado das aldeias invadidas e saqueadas durante a guerra contra alguma cidade inimiga – somente valia pelo trabalho que podia executar. E ele era corcunda e gago, a ponto de quase ninguém conseguir compreender o que tentava dizer.

– Como os soldados foram nos trazer esse traste? – perguntavam-se, rindo muito, os cidadãos, quando o viam nas ruas.

Esopo havia perdido a liberdade quando era bem pequeno, o que queria dizer que fora arrancado de sua família quando era pouco mais do que um bebê. Não se lembrava de seus pais nem da vida na terra onde nascera – a pequena ilha de Samos, na região leste do mar Egeu. Fora trazido para Atenas, onde foi vendido, e crescera como escravo de um cidadão chamado Ladmon.

Feioso, muito tímido e com pouca resistência física, era sempre alvo de piadas. No entanto, Ladmon gostava dele. No começo, os vizinhos debochavam, comentavam que Ladmon fora enganado, que jogara dinheiro fora ao comprá-lo – por mais barato que tivesse custado.

Já Ladmon sentia-se comovido com a figura do menino, no mercado de escravos, confuso, assustado, sem conseguir se comunicar com ninguém, sem poder pedir sequer água para matar a sede... E vez por outra agredido por algum dos feitores ou mercadores de escravos enraivecidos por conta da dificuldade de vendê-lo ou mesmo por maldosa diversão.

Ladmon, simplesmente, não conseguira deixá-lo lá. Algo no olhar do menino causara nele mais do que pena, fizera o ateniense perceber algo, um brilho especial, alguma coisa que não podia ser abandonada.

Não se enganara.

3
O Bambu e a Amendoeira

Num bosque, certa vez, um caule franzino de bambu cresceu junto a uma imponente amendoeira. Quase todas as manhãs, quando o sol nascia e lançava seus raios sobre a terra, a amendoeira dizia:

— Apolo, o deus solar, gosta de mim. Por isso me envia seus raios, para me fortalecer cada vez mais e para que eu me torne cada dia mais linda.

— Ora, amiga! — respondia o caule, com voz modesta. — Eu também estou aqui, lembra? Um pouco das bênçãos solares de Apolo também são enviadas sobre mim.

— Nem pensar — replicava, rindo, a amendoeira. — Você não passa de um fiapo. A árvore, aqui, sou eu. Logo você murchará, ou então alguém o cortará para fabricar caniços de pesca. Mas uma amendoeira como eu continuará a existir por mais de um século!

O bambu se calava, sem coragem para responder. Contudo, no seu íntimo, sentia possuir uma força que ninguém mais via. Tentava se consolar com isso e aguentar os maus-tratos da amendoeira.

Aconteceu, então, numa noite, de Zeus, lá no Olimpo, estar furioso com alguma coisa — vaidoso como era o Senhor dos Imortais, estava sempre aborrecido com alguém, fosse deus ou um pobre humano. Talvez seu mau humor se devesse a ter farejado um boi sendo queimado numa pira, num sacrifício em sua homenagem, como era tão comum entre os gregos; mas, pelo cheiro da carne, Zeus pode ter desconfiado de que não era a melhor rês do rebanho do devoto. Ou, então, estava ressentido contra alguma vila, que não construíra um templo em sua homenagem, como ele achava devido.

Ora, Zeus não perdoava que meros mortais deixassem de adivinhar seus desejos, afinal, oráculos existiam para que os seres humanos os consultassem sobre a vontade dos deuses, que dirá que um humano tentasse enganá-lo, com um boi de segunda categoria.

Assim, enquanto não decidia que castigo daria aos que o haviam ofendido, o poderoso Senhor dos Céus descarregou sua raiva fazendo descer sobre aquele bosque uma tenebrosa tempestade. Raios. Trovões. E muito, muito vento.

O bambu, franzino e flexível, curvou-se ao vento. Seu caule desceu quase até o chão. Mas suas raízes continuaram agarradas na terra.

Já a amendoeira não teve a mesma sorte. Não podendo se curvar, enfrentou o vento de frente. Em dado momento, com imenso estrondo, suas raízes se romperam, e o grosso e poderoso tronco veio abaixo.

Foi desse modo lamentável que a amendoeira encontrou seu fim, enquanto o bambu sobreviveu à tormenta.

Ladmon não conseguia mais parar de andar de um lado para o outro, repisando incessantemente os próprios passos. Estavam na sala onde o ateniense costumava receber as pessoas que vinham tratar de negócios, numa ala resguardada de sua residência. Nos últimos dias, ninguém naquela casa conseguira relaxar. Era como se a angústia do amo contaminasse a tudo e a todos, deixando o ar que se respirava ali dentro espesso, pesado. Embora Ladmon não tivesse confidenciado a ninguém qual era o problema que o afligia, todos sabiam que ele não conseguia dormir, nem de noite nem de dia, e que mal comia. Estava cada vez mais abatido, e isso preocupava demais a todos, até porque Ladmon era bastante estimado por seus funcionários e também pelos escravos.

E, de todos, o que mais devoção tinha por Ladmon era aquele garoto franzino, corcunda, feioso como um sátiro, tímido ao extremo, além de atormentado por uma gagueira tão impiedosa que jamais o deixava conversar com alguém.

– Parece o cão de nosso amo! – debochavam alguns, na casa, pelo jeito como Esopo sempre acompanhava Ladmon de perto. – Mas os cães pelo menos latem!

Invejosos do afeto especial do senhor da casa pelo garoto, os demais escravos sempre tentavam aprontar alguma maldade contra ele. Certa vez, por exemplo, um amigo de Ladmon passou por lá, na ausência do dono da casa. Deixou um belo presente para ele, uma cesta de figos enormes, de cascas arroxeadas e vermelhíssimos por dentro, já se abrindo como se possuíssem entranhas. Espalhavam um perfume tão doce, tão saboroso, que não dava para passar perto da cesta, sobre a mesa, sem se ter vontade de devorá-los. E foi, afinal, o que fez um escravo mais ousado, chamado Agathópodes. Ele havia imaginado um plano perfeito para escapar de qualquer castigo:

"Se eu acusar o monstrinho gago por ter devorado os figos de nosso amo", pensou o escravo, "ele não vai conseguir falar para se defender. Será chicoteado e perderá os privilégios que tem por aqui. Com isso, resolvo vários problemas de uma vez só."

Ladmon retornou, foi informado do presente e, guloso e grande apreciador de figos, foi logo atrás dele. Ao encontrar a cesta vazia, ficou furioso.

– Foi Esopo, meu senhor Ladmon! – acusou Agathópodes, com apoio de outros, que antipatizavam com o jovem corcunda.

Esopo foi chamado. Se já era gago em seu estado normal, nervoso, então, não conseguiu dizer sequer uma palavra. Ficou vermelho, começou a tremer e a chorar, sem conseguir rebater a acusação.

– Está vendo como é ele mesmo o culpado, meu amo? – disse o escravo que havia se empanturrado com os figos roubados. – Se fosse inocente, não ficaria tão transtornado e conseguiria pelo menos defender-se.

Ladmon já não estava dando tanto valor assim às frutas, mas não queria acreditar que logo Esopo, tão próximo dele, tivesse cometido esse ato. Já sem argumentos e pensando em que castigo dar ao garoto, viu quando Esopo enfiou dois dedos bem fundo na garganta.

– O que está fazendo, Esopo? – gritou Ladmon, sobressaltado.

Esopo, então, vomitou. E não surgiram pedaços de figos. Sorrindo, agora, ele apontou a seguir para o escravo que o acusara.

– Faça exatamente o que ele fez! – ordenou Ladmon a Agathópodes.

– Mas... meu amo... por favor!

Agathópodes teve de obedecer, e logo a prova de seu delito aparecia no chão. Por conta disso, foi vendido e, pelo que se soube dele, não teve com seu novo amo o mesmo bom tratamento que recebia de Ladmon.

Já o senhor da casa passou a reconhecer em Esopo uma grande inteligência. Admirava-o ainda mais a cada dia. Não que a vida do garoto escravo tivesse se alterado muito...

Mesmo de cabeça baixa, Esopo, no entanto, não perdia seu amo um instante sequer de vista. Seus olhos, a parte mais viva de seu corpo, acompanhavam até mesmo o ritmo da respiração dele. E eram tão penetrantes que Ladmon, por vezes, tinha a impressão de que Esopo havia adivinhado seu segredo. E essa impressão se tornou tão intensa que Ladmon, certa feita, disse-lhe, com um sorriso frágil, entristecido:

– Meu jovem amigo! Entre todos que convivem comigo, você é o único a quem eu confidenciaria minhas preocupações. Mas de que adiantaria isso, não é mesmo?

Em resposta muda, Esopo cravou seus olhos em Ladmon com tanto fervor que o ateniense se espantou.

– Estranho! É como se você já soubesse. Mas como saberia? O que você quer me dizer, Esopo? Tente! Tente!

O garoto tencionou a face, entortou a boca, em um esforço para falar. Até mesmo seu corpo pareceu se contorcer em dor e agonia. No entanto, para seu desespero, o máximo que saiu de seus lábios foi um grunhido.

Ladmon sorriu, ainda mais entristecido, e murmurou:

– Está tudo bem, Esopo! Não faça disso um sofrimento. Eu sinto seu afeto, e só isso já me ajuda a suportar o que estou passando. Deixe pra lá, meu amigo!

Mais grunhidos. Mais e mais esforço para falar. As palavras voavam na mente de Esopo. Ele sabia exatamente o que queria dizer. Porém, essas mesmas palavras entalavam em sua garganta e prendiam sua língua. Ele começou a sentir um aperto, como se um laço o estivesse enforcando, mais e mais apertado a cada instante. O coração acelerou-se, descontrolado. Um fogo, então, subiu pelas suas faces, avivando ainda mais seu desespero.

Finalmente, com um uivo doloroso, ele virou as costas para seu amo e fugiu, correndo.

– Esopo... – murmurou Ladmon. Mas, a seguir, balançou a cabeça, desolado, e arriou-se em uma cadeira. Lá permaneceu pensativo, o olhar perdido, em silêncio.

O sol se pôs, a penumbra dominou o ambiente, e Ladmon continuou ali, imóvel. Vez por outra, um suspiro baixo saía de seu peito e nada mais.

Numa coisa não se enganara. Esopo já sabia o que afligia seu amo. Não porque tivesse poderes de adivinhação, mas porque raro era o acontecimento que escapava ao seu olhar apurado e aos seus ouvidos atentos.

Sabia, portanto, que Ladmon se debatia num dilema. O ateniense tinha três filhos: Heitor, Leandro e Nicolas. Eles pareciam reunir todas as qualidades que qualquer pai, naquela cidade, desejaria para seus herdeiros. Eram bonitos, inteligentes, atletas perfeitos, hábeis nas artes da palavra e da guerra. Ninguém duvidava que logo alcançariam postos de importância na administração de Atenas. No entanto, apesar da dissimulada cordialidade em que conviviam, Ladmon percebia muito bem uma corrosiva inveja entre eles. Tudo disputavam. Trocavam sutis alfinetadas. Pelas costas, sempre que um podia, tentava diminuir o outro para o pai. As divergências iam se tornando cada vez mais graves e algo nos pressentimentos do ancião prenunciava que aquela surda e perversa rivalidade terminaria em tragédia.

Ao mesmo tempo, amava-os tão profundamente – e aos três em igual medida –, que não encontrava meios de emendá-los. Temia criticá-los. E, mais do que tudo, que um pensasse que favorecia algum dos irmãos, preferindo-o em detrimento aos outros dois. Se isso acontecesse, se algum acreditasse que fosse preterido, Ladmon sabia muito bem que a guerra entre eles estaria declarada e as consequências seriam imprevisíveis.

Por isso, fora adiando o problema por anos e anos. Então, dois meses antes, algo acontecera. Foi quando sua depressão se iniciou.

Nessa ocasião, Ladmon estava na Ágora negociando mercadorias quando, entre os muitos comerciantes que haviam chegado à cidade, avistou um indivíduo que nada tinha a vender nem comprar. Com expressão sombria, encarou Ladmon a meia distância, de uma maneira tal que o ateniense teve a necessidade de se aproximar, sentindo suas têmporas latejarem.

Fez então um sinal para que o escravo que o acompanhava aguardasse, afastado – esse escravo era Esopo, que, como de costume, mantinha fiel vigilância sobre seu estimado amo. Ladmon, então, abordou o forasteiro:

– Quem é você, homem de outras terras? E por que me olha dessa maneira, se não me conhece?

– Mas eu sei quem é você, orgulhoso cidadão ateniense. É Ladmon. E nosso encontro foi decidido pelos deuses. Você pergunta meu nome? Mas creio que não acreditaria se eu lhe dissesse que sou Hermes, o deus dos comerciantes, ladrões e mágicos, filho de Zeus e encarregado de transmitir aos mortais as mensagens que os habitantes do Olimpo lhes enviam.

– Hum – sorriu Ladmon. – É Hermes, então. Se assim o diz! Mas não precisava ser um deus para me conhecer. Muito prazer. Sou muito conhecido neste mercado. Todos sabem meu nome.

– Sou também aquele que conduz os espíritos dos mortais ao Hades, quando é chegada a hora. Sabe disso, não sabe, mortal?

Ladmon sentiu um calafrio percorrer seu corpo. Isso, também, todos sabiam – a sinistra missão daquele filho de Zeus. O que fazia a transição entre o mundo solar e o reino dos mortos. Só que aquele estrangeiro não tinha asas nos pés. Calçava, isso sim, sandálias já bastante gastas. E parecia estar precisando que lhe pagassem uma boa refeição. Foi um tom cavernoso, lúgubre e arrogante em sua voz que impediu Ladmon de meramente lhe virar as costas. Era como Ladmon sempre imaginou que a voz de um deus deveria soar.

– O que quer de mim, homem? – irritou-se o amo de Esopo. – Não venha me dizer que está aqui para me avisar que chegou a hora de eu conhecer a escuridão e o vazio do Hades?

– Não – replicou o homem, erguendo-se e apoiando-se em seu cajado. Quando do sorria, parecia ainda mais com algo ou alguém extraído de um outro mundo. – Mas o momento se aproxima.

– Como?! – Ladmon engasgou.

– Não vai demorar muito para eu vir buscar seu espírito. E você não partirá em paz, sabendo que seus três filhos matarão um ao outro na disputa de sua herança.

Ladmon teve ímpeto de agarrar o homem pelo pescoço. Porém um olhar dele o fez paralisar. Mesmo deixado para trás, Esopo observava agudamente todo o drama. O homem continuou a falar:

– Não é a todos que um aviso desse é dado. Precavenha-se, portanto, Ladmon. Se puder fazer algo para apaziguar seus filhos, um com o outro, faça-o, depressa.

Ladmon ia protestar quando o estrangeiro, sem mais palavras, voltou-lhe as costas e, num piscar de olhos, sumiu na multidão que ocupava o mercado. O ateniense retornou para junto de seu escravo, cambaleante, como se as pernas lhe faltassem. Esopo notou que ele estava pálido, que seus lábios tremiam. Não disse nenhuma palavra no caminho para casa. E nunca mais foi o mesmo.

Agora, os meses haviam passado, ele não sabia quanto tempo lhe restava – os deuses costumavam fazer essas brincadeiras com os mortais, como anunciar-lhes que iriam morrer "em breve", sem dizer quando – e não conseguira nada de efetivo com seus filhos. Tentara conversar com eles, em vão. Negavam a animosidade. Não eram sinceros. Sutilmente, culpavam um ao outro, prosseguindo no seu jogo de sempre. E nada se resolvia.

Ladmon já não sabia mais o que fazer. Ele próprio era orgulhoso demais para tomar conselhos com alguém, e assim parecer que não conseguia lidar com os próprios filhos. Tinha vergonha do que estava acontecendo. Pensava: "Que pai sou eu, que não consigo colocar meus filhos no bom caminho? O que vão pensar de mim? Que fracassei naquilo que é a missão mais importante de um chefe de família?".

Enfim, era isso o que amargurava seus dias e noites.

Tudo era percebido muito bem por Esopo. E a tristeza cada vez mais profunda de seu amo o desesperava. Temia que Ladmon sucumbisse. Vê-lo ali, tão acabrunhado e sem coragem de dividir seu sofrimento, era um suplício para o jovem escravo, que sequer era capaz de pronunciar um voto de solidariedade ao homem que tanto estimava.

E se o desespero de Ladmon traduzia-se em recolhimento, o de Esopo não era tão manso. Ele havia se apoderado de uma faca, na cozinha. Com ela, a frustração corroía sua mente, todo o seu controle e sensatez. E com lágrimas ardentes escorrendo por seu rosto, ele correu o mais que pôde, desafiando as limitações de seu físico, até sair da cidade, e se ocultou numa caverna. Ficou lá dentro, arfando, como um bicho acuado na toca.

Estava resolvido a encerrar ali as suas agonias. Usaria a faca em si mesmo. E ora a apontava contra o peito, pretendendo perfurar seu coração, ora posicionava a lâmina abaixo do queixo, bastando um gesto para rasgar sua garganta.

Finalmente, decidiu-se. Seria no coração. Dirigiu, então, chorando sempre, mas decidido, a ponta da faca para um ponto entre as costelas.

E foi nesse momento – segundo contam algumas das lendas sobre esse personagem que se tornaria uma lenda – que uma estrela explodiu, em magnífica beleza, dentro daquela caverna.

E um prodígio – improvável e mágico como qualquer prodígio – transformou radicalmente a vida de Esopo.

4
O Comerciante e seus Três Filhos

Numa cidade da Grécia, vivia um comerciante rico e seus três filhos. Ele já tinha certa idade e sua maior preocupação eram as graves desavenças entre os três rapazes, que pareciam não se entender sobre coisa alguma.

Certa vez, sentindo-se doente, o comerciante chamou seus filhos e propôs-lhes um desafio, dizendo:

— Quero ver qual de vocês traz para mim uma vara que os outros dois sejam incapazes de quebrar.

Os três jovens saíram para o bosque e logo voltaram, com as varas que haviam fabricado. Cada qual escolhera uma árvore — a que, segundo seu julgamento, era da madeira mais resistente — e, do galho, fizera a vara, que agora entregava ao pai.

O pai distribuiu as varas entre os três filhos, de maneira que nenhum deles ficasse com a que tinha trazido, e mais uma vez desafiou-os:

— Quero ver agora quem quebra a vara do seu irmão mais depressa e com menos dificuldade.

Eram jovens fortes e saudáveis. Com um rápido movimento dos braços, as três varas partiram-se, sem precisarem empregar muito esforço. Logo em seguida, os rapazes começaram a se empurrar, a se ofender e a trocarem acusações tolas.

Muito irritado, o pai soltou um berro, exigindo atenção. Voltaram-se para ele e, em suas mãos, tinha três varas, amarradas firmemente, formando um feixe.

— Vocês se acham muito espertos e muito fortes, não é? Quero ver agora quem consegue quebrar estas varas que tenho aqui, mas como estão agora.

Entregou-lhes, então, o feixe e, um depois do outro, os jovens tentaram, inutilmente, partir as varas.

— Conseguiram entender o que aconteceu, garotos? — bradou o velho. — Vocês possuem uma vantagem preciosa, que vale mais do que tudo que posso lhes deixar de herança. Cabe a vocês decidirem se vão usar isso bem ou se vão desperdiçar o seu tesouro e se arruinarem. Escutaram o que eu disse?

Sem jeito, os três irmãos não tiveram coragem de encarar o velho pai, que ainda viveria uns bons anos com eles, o suficiente para vê-los brigando cada vez menos, e aos poucos começarem a trabalhar juntos e a prosperar.

Esopo terminou de contar a fábula do comerciante e de seus três filhos e se calou. Mas ainda se passariam vários instantes antes de Ladmon conseguir ter qualquer reação. O ateniense ficara paralisado e mudo de espanto desde que o jovem escravo, sem nem sinal da sua gagueira, entrara na sala e pedira a palavra. Naquele momento, Ladmon atendia alguns sócios para tratar de negócios, e o assombro deles, frequentadores habituais da casa e que conheciam o problema de fala de Esopo, não foi menor.

– Co-como...? – indagou Ladmon, finalmente recuperando-se do susto. Só que agora era ele quem gaguejava.

– Uma brincadeira dos deuses! – replicou Esopo, baixando a cabeça, modestamente. – Deram a meus lábios e à minha língua a capacidade de colocar para fora as palavras que abarrotavam minha mente. Mas, para que eu não acredite inteiramente em milagres, mantiveram minha corcunda e minha feiura! Sou este seu escravo de sempre, amo Ladmon.

– Eu não entendo... O que... houve com você?

– Palas Atena... – murmurou Esopo.

Ladmon encarou seu escravo com uma expressão repleta de dúvidas.

– Poderemos... voltar mais tarde para retomar nosso assunto, Ladmon – arriscou um dos visitantes.

E Ladmon, depois de hesitar um momento, respondeu:

– Talvez seja melhor. Perdoem-me, mas...

– Não se preocupe – disse outro sócio, já se erguendo para partir. Todos os demais o acompanharam.

Esopo se mantinha como havia terminado a fábula: parado, cabeça baixa, em silêncio, quase ausente. Então, quando ficaram sozinhos, Ladmon voltou-se para ele e disse:

– Palas Atena...?

Esopo preferiu omitir que estava, naquela caverna, prestes a pôr fim a sua própria vida. Sabia que Ladmon se afligiria com isso. Além do mais, que importava, agora, o que ele pretendera fazer por não suportar mais a incapacidade de se expressar, como qualquer outro ser humano?

Importava que sua vida havia mudado no momento em que aquela luz brilhante se acendera, como se um pedaço dos céus se abrisse na penumbra da caverna. Como uma janela, recortada no ar, por onde um brilho radioso, uma miríade impensável de cores, entrara, envolvendo o quase-suicida. Em seu íntimo, então, ele escutou a voz imperiosa da deusa, ordenando:

– Largue essa faca, Esopo! Não é esse o destino que tracei para você! Sou Palas Atena e tenho interesse em protegê-lo!

O jovem escravo obedeceu imediatamente. O espanto era tanto que não chegou a sentir medo. Se aquela fenda de luz, abrindo-se ali como se fosse sugá-lo para, através dela, mergulhar numa estrela, era a forma original da deusa, não poderia dizer. Contavam as histórias da mitologia que se um deus surgisse diante de um mortal em sua forma própria e não sob alguns dos muitos disfarces que costumava usar em suas travessuras terrenas, o coitado seria imediatamente fulminado, já que um humano não suportaria o esplendor divino.

No entanto, perguntou-se Esopo, que esplendor poderia ser maior do que aquela nuvem luminosa, que pulsava, flutuando no ar diante dele? Como ele não tinha virado imediatamente uma pedra de carvão? E se fosse aquela uma visão do próprio Olimpo, a sagrada morada dos deuses? Ou da fornalha em que Zeus plasmara o próprio Universo?

Teve vontade de tocá-la, ou mesmo de meter sua mão dentro da fenda, mas algo em seu íntimo o proibiu de fazê-lo.

"Como posso ter uma deusa a me proteger? Logo eu, o mais desgraçado dos desgraçados!", disse Esopo em pensamento.

E a seguir se espantou ainda mais. Porque não eram de fato pensamentos, mas sua voz. E ele a escutava pela primeira vez em sua vida. Sem falhas. Sem engasgos. Sem sentir a língua repuxada para trás. Sem os lábios se negarem a se mover. O susto foi tão imenso que Esopo tombou de joelhos.

– Repita o que disse, mortal! – ordenou a voz da deusa. – Você é "o mais desgraçado dos desgraçados", tem certeza? Mas como se em seu espírito habitam tantas vozes, tantos personagens, tantas histórias?

Esopo pensou em dizer que a maior das maldições era justamente essa, a de ter tanta coisa trancada dentro de si, sem as palavras para lhes dar vida. Mas somente pensou, não disse nada. Até por medo de escutar sua voz novamente. Ou de despertar, porque já começava a desconfiar que vivia ali um sonho, e que tudo, inclusive sua gagueira, logo retornaria ao que sempre fora. Mas, então, interveio Atena:

– Não, Esopo, você não está sonhando.

– Deuses... – murmurou o jovem escravo – ... costumam brincar com mortais. Com a nossa vida. Com o nosso destino. Para vocês é um jogo. Como se fôssemos personagens e nossa existência a história que vão criando, em capítulos e peripécias. Para se divertirem. Para ocuparem seu ócio diante da eternidade.

– Contudo, como vê, mortal, pelo menos por um instante, faço você aproveitar as delícias de uma perfeita fluência. Escutou o que disse?

– É o que está acontecendo aqui, deusa? Um momento? Somente um momento para eu experimentar ter o que nunca tive e que logo me será tirado outra vez? Será essa a generosidade que se pode esperar de um deus?

– Ah, Esopo...! – disse a voz de Atena. – Não escolhi mal meu protegido. Até onde você irá agora que possui a palavra?! Cuidado somente para não a usar contra aqueles que a concederam.

– Do que está me prevenindo, ó, Poderosa, para quem o tempo não tem as cortinas entre passado, presente e futuro?

– Nada que meu pai me permita revelar a um mortal – replicou ela, com um muxoxo. – Somos bastante ciumentos sobre o tanto de poder que cai nas mãos dos humanos. Não nos agrada, por exemplo, ver vocês com clarividência sobre o que o destino lhes reserva. Até porque podemos mudar de ideia... E mexer um pouco no que antes acertamos para a vida de vocês.

– Deusa... – queixou-se Esopo e humildemente baixou a cabeça. – Não poderia ser menos caprichosa naquilo que me sugere?

– Não... Mas posso lhe dizer que deve sempre evitar que meu meio-irmão Apolo perceba que você existe. Ele não costuma se dar conta de mortais, a não ser quando pretende prejudicá-los. Não lhe servem para mais nada, entende? Convém jamais irritar aquele a quem pertence exclusivamente o poder das profecias e é consagrado o oráculo de Delfos, entre muitos outros. Inteligência demais, por vezes, pode imitar a clarividência, e não é portanto aconselhável. Lembre-se, não se deixe pegar sob o olhar de Apolo. Fala em meus caprichos, criatura que perambula no mundo para se alimentar e eliminar o que comeu, massa de carne feita mais de vísceras do que de espírito, só que sua falsa modéstia não me engana. E enraivecerá aquele que, abaixo de Zeus, é o mais orgulhoso dos olimpianos. Entretanto, nada disso é para os anos próximos. Não pense nisso agora, eu ordeno!

– Mas...

– Já disse: eu ordeno! Viva quanto sua condição de mortal lhe permitir e o melhor possível!

Então, Esopo, tendo contado tudo o que lhe havia acontecido, calou-se de novo. Ladmon o olhava, espantado. Se fosse outro a lhe narrar aquele episódio, despacharia-o, achando ridículo tudo o que escutara. Como todo ateniense mais erudito, podia até respeitar o culto aos deuses, as crenças, mas daí a acreditar que os deuses, como nas narrativas mitológicas, surgiam diante dos mortais para manipular suas vidas, ia uma grande distância. No entanto, sentindo-se obrigado a dizer qualquer coisa, perguntou simplesmente:

– E foi tudo?

– Sim... – respondeu Esopo, sempre de cabeça baixa. – A aparição se desfez, e vim para cá.

– Para me contar aquela história do comerciante e de seus três filhos... aquela...

– Aquela... fábula. É somente uma história que me veio à mente. Faça dela o que quiser, meu amo!

Ladmon desviou o olhar para o teto, percorrendo com os olhos o ambiente em volta. Debatia-se com muitos pensamentos. Até que se aquietassem minimamente em sua cabeça, manteve silêncio por alguns segundos. Então, disse:

– Não posso ser o *amo* de alguém tocado pelos deuses! – Esopo ergueu, enfim, a cabeça, espantado. Ensaiou dizer alguma coisa, mas um gesto de Ladmon o fez se calar. O ateniense falou com voz lenta e grave: – Não, não diga nada, ou vai me chamar de *amo* outra vez. Você não é mais escravo, Esopo. Eu firmarei os documentos hoje mesmo. Você é um homem livre agora.

Esopo estremeceu. Sentiu uma vertigem que nunca saberia se foi de alegria ou de medo. Livre! Atirou-se aos pés de Ladmon, tentando beijá-los, mas o ateniense não permitiu, ergueu-o e abraçou-o.

– Você é meu amigo! E se quiser continuar a meu serviço, mas recebendo pagamento por isso, ficarei feliz. Algo me diz que vou precisar muito das suas... fábulas.

5
O Caçador

Aconteceu certa vez, numa terra distante, do lado oriental do Egeu, de um leão jovem, vigoroso e voraz atormentar os pastores, abatendo suas ovelhas e, até mesmo, atacando viajantes que ousavam atravessar a floresta.

Chegou nessa região um homem que se gabava de ser um fantástico caçador. Eram inúmeras as proezas que contava ter realizado. Dizia que havia abatido mais feras do que Hércules.

Por isso, foi muito bem recebido na estalagem do vilarejo, ganhando logo cama e comida de graça. Conseguiram assim que ele, que aparecera declarando que só estava ali de passagem, fosse ficando.

Então, os habitantes locais reuniram suas economias e, com uma bolsa pesada, repleta de moedas, foram falar com ele. Solicitaram que, em troca daquele pagamento, matasse o leão. — Bem — argumentou o caçador —, já esperava por esse pedido da parte de vocês. Em minhas andanças, matei ursos, touros e javalis, tigres e até mesmo um dragão. Por que não, desta vez, um leão?

— Não se trata de um leão comum, senhor! — comentou um dos pastores. — É colossal de tamanho.

— E de ferocidade! — acrescentou um aldeão.

— E de força! — disse outro.

— Vou já para a floresta procurar seu rastro! — replicou o caçador, levantando-se. — Empreender uma caçada a um monstro desses é o que falta à minha fama!

Passaram-se alguns dias. Toda manhã, o caçador entrava na floresta, anunciando que iria procurar os rastros do leão e lá permanecia até o pôr do sol. Retornava sempre com novidades. Num dia, alegou ter encontrado o que pareciam ser sinais da passagem do leão, que, no entanto, desapareciam na beira de um riacho.

— Reparou no tamanho? — indagou um morador. — Nunca se viu pegadas assim tão grandes!

— De fato — replicou o caçador. — Deve ser um leão enorme.

Noutro dia, anunciou que encontrara restos de um boi que ele havia abatido.

— Acho que quebrou o pescoço desse boi com uma patada só! — contou o caçador. — É de fato uma fera fortíssima! E precisa ser um leão esperto! De outro modo, não conseguiria esconder sua pista de um caçador tão experiente como eu.

E assim continuava a coisa, o custo da estalagem aumentava — já que, depois de contratado, o caçador exigira não somente passar para o melhor quarto, como também refeições de primeira, um escravo para lhe servir de camareiro e um trio de músicos para tocar exclusivamente para ele, embalando seu sono.

— Eu mereço! — dizia para todos e, principalmente, para si mesmo. — Afinal de contas, estou no rastro do leão!

Foi numa tarde, quando um lenhador foi procurar o caçador na floresta e ao achar, anunciou:

— Fui mandado aqui para levá-lo ao pasto a oeste do vilarejo. O leão acaba de atacar o rebanho de um pastor por lá e sua pista ainda está fresca.

O caçador ficou calado, encarando o lenhador, que, impaciente, depois de um momento, disse:

— Você não vem comigo? Não é o que procurava esse tempo todo? O rastro do leão?

— Sim... — respondeu simplesmente o caçador, voltando-se para o rumo oposto ao indicado pelo lenhador.

— Mas então? Posso pôr você cara a cara com a fera! Vamos logo e o pegaremos!

— Esse é o problema — disse o caçador, soltando um suspiro. Então, voltou-se para o lenhador e disse: — Acabo de me dar conta de que eu procurava o rastro, somente isso, e não o próprio leão! Agradeça a todos pela hospitalidade... Adeus!

Nunca mais viram o caçador naquela região.

Quanto ao leão, continuou servindo-se à vontade, até que seu instinto o levou a procurar outros campos de caça.

Enquanto Esopo contava sua história, os membros do conselho da cidade de Rodes mantiveram um intrigado silêncio. Alguns, hipnotizados pela narrativa e pela voz do ex-escravo, que, segundo rumores, fora um presente de Palas Atena, embora ele jamais confirmasse essa história. Afinal, se a sua voz era uma dádiva de imortais, talvez a história que ele viera lhes contar fosse, ela própria, uma revelação dos deuses. Um anúncio de seus desígnios, de suas vontades, do que queriam que os mortais fizessem ou, quase como uma profecia, semelhante àquelas proferidas pelos videntes, adivinhos e sacerdotes nos oráculos. Outros tinham uma atenção mais *terrena*, concentrada naquela estranha figura. Muito antes de ele chegar à cidade, encravada numa ilha próxima à costa do continente oriental, a fama de suas viagens já aportara por ali. Era impressionante: contava-se que Esopo viajara por toda a Grécia, até mesmo pelas colônias remotas e que também fora recebido na Lídia, na Mesopotâmia, no Egito e em terras do Oriente Próximo. Estavam, no mínimo, curiosos sobre o que poderia lhes dizer um personagem tão alardeado.

Independente do motivo, desde o momento em que fora autorizada a entrada do *fabulista* – como era chamado, ou, ainda, *contador de fábulas* –, os anciãos de Rodes, reunidos naquele conselho, já mostravam certa agitação. O que não era comum. A maioria das sessões do conselho de Rodes era um desafio à insônia.

Em tempos como aqueles, no qual tantos candidatos a tiranos discursavam na Ágora e em outros lugares da cidade, procurando apoio dos rodianos, o conselho buscava se manter cautelosamente à margem das polêmicas. Independente de quem os proferia, os ingredientes daqueles discursos inflamados eram mais ou menos os mesmos, assim como a receita que propunham. Alguns anunciavam a iminência da invasão de Rodes por alguma potência estrangeira – usualmente, os temidos *persas*, ou outra qualquer, surgida do desconhecido Oriente. Já outros propagandeavam a necessidade de a pequena ilha expandir seus domínios, para poder cobrar impostos de populações submetidas e, enfim, alcançar a prosperidade.

– A destruição infiltra-se pelo mar, na curta distância que separa nossa ilha da costa do Oriente! – diziam aqueles. – Há estrangeiros chegando ao nosso litoral e com eles a peste! A miséria! A desordem!

– Enquanto permanecermos pequenos, encolhidos e tímidos, não cumpriremos nosso destino! – diziam estes. – Expansão ou morte! Para isso, fomos eleitos pelos deuses e inspirados por nossos ancestrais!

Uns e outros defendiam a urgência de se estabelecer um governo forte, centralizado na figura do orador.

Assim, os anciãos do conselho, depois de escutarem a fábula trazida por Esopo, mantiveram-se em silêncio, por alguns instantes, até que um deles, perplexo, indagou:

– Mas o que quer dizer essa história? O que isso nos diz sobre como tratar nossas questões? Por acaso temos algum leão faminto atacando nossos pastores? Não tenho notícia disso. E vocês?

– Não! Ninguém aqui também escutou falar de uma fera assolando as vilas em torno das muralhas da cidade – reclamou outro. – Estamos perdendo nosso tempo com esse... esse... Ora!

Apoiado em seu cajado, feição indecifrável, Esopo já não tinha coisa alguma a lhes dizer. Simplesmente, fitava um a um. Não parecendo nem um pouco acabrunhado diante do desdém, que o rosto daqueles senhores não se preocupava em disfarçar contra ele.

E isso apesar da tal história sobre o milagre de Atenas.

Sim, Esopo sabia o que eles pensavam. Cada membro daquele alto conselho vinha de uma família muito antiga, talvez descendentes dos fundadores da cidade. E eram provavelmente donos de muitas propriedades, homens muito ricos e temidos. Entretanto, ali viam somente um jovem ex-escravo, um sem berço, um viajante. E, ainda por cima, uma figura, que parecia ter sido feita às pressas de um molde danificado, com atrevimento suficiente para lhes propor *charadas*. Historietas. Fantasias sem nexo. Coisas fora do mundo!

6
AS RÃS QUE QUERIAM UM REI

Numa terra distante, as rãs de um imenso pântano viviam apavoradas. Umas temiam que por alguma razão aumentasse desmesuradamente a população de serpentes aquáticas, notórias devoradoras de rãs. Outras, que os homens que viviam às margens do pântano viessem a mudar seus hábitos alimentares e imaginassem que rãs fritas em azeite e acompanhadas de alho e especiarias eram a delícia das delícias. Por uma catástrofe ou por outra, a consequência seria a mesma: a extinção das rãs daquele pântano.

Para se salvarem, pediram a Zeus que lhes concedesse um rei, dotado de força e de determinação o bastante para defendê-las. Zeus, achando ridículos tanto os medos como o pedido das rãs, jogou um galho seco no pântano, anunciando:

— Aqui está o rei de que vocês necessitam. Bom proveito!

Ora, as rãs não ficaram nada satisfeitas. Acharam o rei privado de beleza, parado demais, calado demais — nem coaxar sabia —, incapaz, portanto, de impor respeito. Como um rei daqueles as protegeria? Como poderiam sentir-se seguras, tendo-o como senhor de todas elas? E como assim era aquele o rei de que necessitavam? Ter um rei desses era o mesmo que não ter rei nenhum.

As rãs não se conformaram. Voltaram a se dirigir a Zeus, afirmando que sabiam muito bem do que precisavam, e era de um rei de verdade. Que o Deus dos Deuses se dignasse a providenciar um soberano sob medida, então, e não um galho seco, caído de alguma árvore.

Se a paciência dos deuses olímpicos com os mortais já era pequena, a de Zeus, nem se fala. Ficou furioso que as rãs — logo elas, tão grudentas e sapudas — estivessem ocupando o tempo que o Senhor do Olimpo gostaria de dedicar às suas aventuras amorosas e aos seus banquetes. Então, fez surgir da nebulosa dos pesadelos, uma hidra — uma daquelas gigantescas feras, semelhantes a répteis, mas dotadas de incontáveis cabeças, todas famintas.

— Aqui está o seu rei. Não o que precisavam, de fato, mas o que pediram.

E o primeiro ato do recém-empossado monarca foi devorar todos os seus súditos.

Naquela madrugada, alguém procurou Esopo no estábulo onde ele dormia e aconselhou-o a fugir de Rodes.

– Quem sabe na cidade vizinha você tenha mais sorte. É Lalysos. O povo local é bastante hospitaleiro. Apesar de estarem enfrentando um sério problema com bandos de lobos que descem das colinas. Mas você não deve se preocupar com isso agora, Esopo. O conselho já não sabe o que fazer diante da crescente insatisfação do povo e, para não dizer que não fazem nada, anunciaram que a culpa de nossos problemas cabe integralmente a agitadores estrangeiros. Fuja ou morrerá!

E foi para Lalysos que o contador de fábulas se dirigiu. Quanto a ter mais sorte por lá, não foi bem assim que aconteceu...

Não foi a primeira vez que Esopo – o rosto sangrando nos pontos onde as pedradas o atingiram, hematomas distribuídos pelo corpo, um ou outro osso quebrado, a corcunda, principalmente essa, atraía o ódio de homens encapuzados e suas bastonadas – era atirado para fora dos muros de uma cidade.

– Obrigado por me deixarem vivo – murmurou, com esforço, o ex-escravo. – Não esperava essa generosidade dos senhores!

E, na dúvida se essas palavras sofridas haviam sido ditas realmente por humildade ou deboche, o agressor mais próximo acrescentou ao castigo um chute na boca, que faria Esopo cuspir sangue por horas.

À noite veio um novo receio: as alcateias, tão conhecidas dos habitantes de Lalysos e dos povoados em torno, que rondavam as muralhas da cidade. Já se escutava seus uivos, ao longe.

Esopo tentou se levantar, mas não conseguiu. A corcunda lhe pesava muito mais do que o habitual. E mais uivos se ouviam ao longe.

Tentou arrastar-se e mal conseguiu avançar o equivalente a uma dúzia de braços:

– Que venham os lobos, então! – murmurou o ex-escravo para a escuridão. – Ó, meus companheiros, que chamei para participar de tantas das minhas fábulas. Nem sempre fui elogioso a vocês. Mas, sabem, melhor do que os que escutavam, que não era do seu caráter que eu falava. Venham, então. Vejam como estou destruído, e vamos juntos pensar quem são as feras, afinal? Quem são as bestas que não sabem decifrar palavras e o que elas contam? Ó, Atena, foi para esse fim que curou minha gagueira? Para ser dilacerado vivo nos dentes de uma matilha? Ou vai me proteger mais uma vez, esta noite? Ou será que os lobos não terão apetite ao farejar minha indigesta carne? Ó, meus companheiros, lamento muito ter somente isso para lhes oferecer. Sabe-se bem que lobos não são hienas, e que vocês não se alimentam de carniça, de carne já morta. Então, poupar-me-ão esta noite, amigos? Chamar-me-ão uma ceia indigna para predadores como vocês?

7
A Raposa e as Uvas

No fundo da floresta, habitava uma raposa, felpuda, velha, ardilosa.

Certa tarde, passando por baixo de uma árvore, olhou para um galho mais alto e viu um macaco com um belíssimo cacho de uvas na mão. Ficou imediatamente seduzida por aquelas uvas. Mas era o macaco que as tinha, e ele estava bem no alto da árvore, onde a raposa não poderia alcançar. Então, ela disse:

— Irmão macaco, como vai de saúde? Creio que sua vista não anda bem, não é mesmo?

— Do que está falando, irmã raposa? Meus olhos estão agudos e nítidos como sempre.

— Não acredito... Então, como não vê que essas uvas que você tem aí em cima estão verdes?

— O quê? Verdes?

— E muito verdes ainda. Se comê-las, vai passar mal!

— Ora, não havia percebido, irmã raposa. Mas, agora que falou, sim, não amadureceram. Argh! — e atirando fora as uvas, ainda acrescentou: — Obrigado, irmã raposa! Você me livrou de uma tremenda dor de barriga!

Abocanhando o cacho de uvas ainda no ar, a raposa disse, então:

— Macaco tolo! Verdes que nada! Uma delícia! Nunca provei uvas melhores!

E foi embora, rindo muito, com o saboroso sumo das uvas descendo por sua goela, enquanto o macaco, lá no alto do galho, tinha vontade de se matar de tanta raiva de si mesmo.

Os lobos eram o grande tormento dos pastores, que criavam seus rebanhos nas terras em volta da pequena cidade de Lalysos. Não havia noite em que os bandos deixassem de arrebatar algumas ovelhas. E pareciam estar cada vez mais ferozes e em maior número.

Foi quando apareceu por lá um indivíduo exibindo sua bolsa cheia de moedas de ouro. Reuniu os pastores e lhes disse:

– A sua vida como criadores de ovelhas nesta região está acabada! No caminho para cá, passei pelo famoso oráculo de Apolo, em Delfos. Fui pedir orientações para meus negócios, mas lá, recebi uma missão do próprio deus sol, filho de Zeus, Apolo. Pela boca da sacerdotisa, ele me ordenou que me dirigisse até essas terras, onde encontraria pastores, devotos de Apolo. Tenho uma mensagem de Delfos para vocês!

– O Templo do Deus Sol, na cidade, é testemunha de quanto homenageamos e tememos Apolo por aqui.

– Mas não o suficiente. Ele anda insatisfeito com as oferendas que tem recebido.

– Os tempos estão difíceis, meu senhor, mensageiro de Apolo. Os lobos...

– Ora, os lobos! – protestou o estrangeiro. – Apolo não aceita desculpas. Por isso mesmo ele me enviou a vocês. Apolo me ordena que lhes diga que esta região e vocês todos estão sendo castigados. Os lobos, como vocês sabem, sendo criaturas selvagens, obedecem a Ártemis. E Ártemis é irmã de Apolo. O deus sol pediu a ela que enviasse essa praga contra vocês. De modo que seus rebanhos estão condenados.

– Mas... – lamentaram-se os pastores – não há nada que possamos fazer para conseguir de novo as graças do Deus Sol?

– Bem... – o estrangeiro pareceu hesitar –, talvez, se sacrificassem as ovelhas a Apolo, ele os perdoaria. E os animais valem quase nada agora.

– Mas sem nossas ovelhas como vamos sobreviver? – balbuciaram os pastores.

Então, depois de uma pausa longa, sob o olhar aflito dos pastores, falou de novo o estrangeiro, que se chamava Tântalo:

– O que vou lhes propor será um prejuízo para mim. Mas posso comprar as ovelhas de vocês. Não poderei oferecer muito, mas, como disse, Apolo as quer para si, de uma maneira ou de outra, e portanto para vocês estão perdidas. Entretanto, consegui uma graça do deus sol e me disponho a participar dessa homenagem, para lhe agradecer. Da parte de vocês, seria a maneira de fazer as pazes com o terrível deus arqueiro, aquele que não erra suas flechadas.

De fato, o que Tântalo ofereceu pelas ovelhas foi tão pouco que deixou os pastores ainda mais agoniados. Alguns queriam vender logo seus rebanhos.

– Ora, ele vai sacrificá-las a Apolo. Como querem que nos pague mais?

Outros, então, sabendo que um contador de histórias, com fama de muito sábio, estava na cidade, foram se aconselhar com ele.

E foi a esses que Esopo contou a fábula da raposa e das uvas, que os deixou ainda mais hesitantes sobre venderem suas ovelhas pelo que o estrangeiro lhes oferecia.

Naquela mesma noite, um bando de homens encapuzados sequestrou Esopo, aplicou-lhe uma surra que o deixou à beira da morte e depois carregou-o para fora da proteção dos muros da cidade. Foi como se o servissem, num festim, aos lobos.

Não se sabe nem Esopo nunca esclareceu, se novamente, naquela noite, Atena surgiu para ele e salvou-o dos azes vorazes, ou foram os lobos que não o consideraram à altura das tenras carnes das ovelhas. O fato é que o contador de histórias sobreviveu e pela manhã foi encontrado por um casal de crianças, os gêmeos Aristides e Dejanira, que estavam apanhando cogumelos no bosque.

A princípio, tiveram medo dele: era tão feio, ainda mais todo machucado daquele jeito. Porém, algo nos olhos de Esopo fez com que se aproximassem e lhe dessem um pouco da água que traziam num odre de couro de ovelha.

Eram filhos de pastores. Esopo foi levado para a cabana dos pais deles – que estavam entre os que haviam consultado o contador de fábulas sobre vender ou não suas ovelhas.

Os pais dos gêmeos chamaram outros pastores, mais amigos, e lhes mostraram o estado em que estava Esopo, indagando:

– Vocês acreditam que foi também Apolo quem fez isso para reforçar a necessidade de vendermos nossas ovelhas àquele que se intitula seu mensageiro?

Não se sabe ao certo o que ficou decidido. Em segredo, trataram dele e conversaram com os demais pastores sobre o que havia acontecido.

Certa manhã, Tântalo foi chamado a uma montanha fora da cidade para avaliar um rebanho e combinar quanto pagaria pelos animais. Satisfeito com o que seria o primeiro negócio a ser fechado na região, compareceu ao encontro, acompanhado pelos quatro homens que havia contratado para escoltá-lo a todo lugar que fosse para proteger sua bolsa de moedas.

Nem Tântalo nem seus homens tornaram a ser vistos. Não se sabe também se os lobos tiveram alguma relação com isso. Aliás, sobre os lobos, os pastores foram aconselhados por alguém a comprarem grandes cachorros, de uma raça bastante fiel, e que com eles passassem a vigiar as montanhas à noite, dividindo-se em grupos que se revezavam.

Quando Esopo, finalmente, ficou curado e em condições de seguir as andanças a que estava destinado, os lobos já haviam deixado de ser um tormento e ele já era querido das crianças, os filhos dos pastores, que reunia no final do dia para lhes contar lindas histórias encantadas.

Sempre teriam saudades dele e, em suas conversas umas com as outras, relembravam suas fábulas e os momentos que haviam passado com Esopo – embora nunca falassem disso com os adultos, não se sabe por quê.

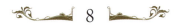

A Galinha e os Ovos de Ouro

Numa região como muitas da Grécia, existiu um homem que tinha uma galinha que botava ovos de ouro.

Não era uma galinha das mais férteis, é verdade. Punha somente um ovo por semana, enquanto suas companheiras de ofício e de poleiro deixavam a todo amanhecer, no ninho, um ovo saído de suas entranhas.

Entretanto, só ela botava ovos de ouro.

Logo que descobriu a habilidade especial de sua galinha — ou seja, logo que ela deixou de ser uma franguinha, tornou-se uma galinha adulta e começou a pôr ovos —, o homem ficou bastante feliz. Alimentava-a com o melhor milho e em tudo cuidava para que ela tivesse conforto e saúde. Ia reunindo seus preciosos ovos de ouro num bauzinho e, assim, foi se tornando o dono de uma boa fortuna. Mas com o correr do tempo, ele começou a reclamar:

— Ora, se essa preguiçosa fizesse como as outras e colocasse um ovo por dia, eu não seria somente rico, mas imensamente rico!

Na verdade, ele vendia os ovos descuidadamente, como se nada valessem — afinal, não custavam coisa alguma para ele. Além disso, começou a gastar muito mais do que ganhava. Como não havia maneira de fazer a galinha pôr mais ovos, o homem começou a imaginar que, se a ave os botava, era porque dentro dela deveria haver uma massa enorme de ouro.

Passou a olhar a galinha com olhos cada vez mais gananciosos, até que um dia decidiu-se, matou e abriu a galinha com um facão.

Só que, para seu desespero, por dentro, a galinha dos ovos de ouro era como qualquer outra galinha. Assim, o homem se viu sem o seu ovo de ouro semanal e logo estava endividado. Tendo de vender todas as demais galinhas, sua pequena terra e sua casa, tornando-se, com isso, um mendigo.

Esopo estava naquela cidade há alguns meses. Passara por ali no seu caminho de volta a Atenas, depois de longas perambulações pelo norte e, até mesmo, pelas terras do outro lado do mar Egeu, onde, séculos antes, nascera o autor de *Ilíada* e de *Odisseia*, ou, como também era chamado, o Divino Homero, que o fabulista tanto admirava.

Ao atravessar os portões daquela cidade, pretendia permanecer poucos dias, mas, nos rostos e na rigidez dos passos apressados com que as pessoas atravessavam as ruas, percebeu muita tensão e angústia e adivinhou que seus planos seriam mudados.

Sua intuição estava correta. Em poucos dias, aquelas ruas explodiam em berros de ódio, em fogo atiçado às casas e prédios, em sangue derramado na luta da população rebelada contra os governantes. Era como se um terremoto abrisse fendas no chão e sacudisse tudo, fazendo tudo desmoronar. Mas não se tratava de um terremoto de poucos instantes de duração. A comoção não parecia terminar.

Foi quando trouxeram Esopo para diante do conselho. Foi levado como convidado. Embora houvesse conselheiros recomendando que ele fosse arrastado até lá acorrentado.

Conta-se que era um jovem diante daqueles senhores tão sérios, tão habituados ao poder. Mas mesmo com mais idade – não chegaria à velhice –, ele nunca se acostumaria àqueles ambientes, tão impregnados de soberba como se quisessem reproduzir a glória que se atribuía aos deuses no Olimpo.

No entanto, lá via apenas mortais como ele, e que logo deixariam também de ter a cidade e a população aos seus pés. Mas, ao contrário de Esopo, que enxergava isso com bastante nitidez, nenhum dos conselheiros sequer admitia imaginar o futuro que os aguardava.

Perceber isso, somando sua timidez habitual ao fato de ainda sentir-se como um escravo e a toda a amargura que sua aparência lhe causava, não permitia que ele levantasse os olhos para fitar aqueles homens.

– Temos informações – acusou um conselheiro – de que é você, estrangeiro, que anda agitando a população contra este conselho. Parece que já fez isso em outras cidades e, por conta desse crime, foi expulso.

– Sabe que muitas de nossas famílias foram as fundadoras desta cidade? – bradou outro. – E que ocupam estes assentos desde então? Como ousa?! É quase um sacrilégio... Um... – com o rosto muito vermelho, trêmulo de cólera, o segundo conselheiro não conseguiu sequer prosseguir. Por ele, deveriam executar Esopo da maneira mais cruel, e o problema estaria resolvido.

"Como um monstrengo desse se atreve a incitar nosso povo contra nós?" é o que todos pensavam. E Esopo lia isso em seus olhos. O desprezo deles o fazia encolher-se ainda mais, e foi com enorme esforço que conseguiu murmurar:

– Impostos.

– Como? – indagou, gritando, um dos conselheiros.

– Os senhores... me convidaram a vir até aqui para lhes explicar as razões da insatisfação do povo... – disse Esopo.

– Para mim – disparou um outro conselheiro –, a insatisfação do povo tem uma só razão: o veneno que suas maliciosas histórias causam nas mentes fracas!

– Eu... não tenho o poder que os senhores querem ver em mim! – disse finalmente Esopo. – Deviam procurar as causas da revolta em seus próprios atos.

– Como se atreve? – berrou outro conselheiro, erguendo o dedo pesado na direção do fabulista. – Está nos questionando? Não tem noção do que pode lhe acontecer?

– Podem... me ferver em óleo... ou me apedrejar – disse o ex-escravo. As palavras mal saíam de sua boca. Mas agora ele não conseguia contê-las. – Há inúmeras maneiras de me matar, mas nenhuma delas vai trazer a paz de volta à sua cidade. Os senhores tinham aqui uma população trabalhadora, uma cidade próspera... E que poderia crescer ainda mais. Então, foram aumentando os impostos. E aumentando. E aumentando...

– Nossos gastos cresceram! – gritou um conselheiro, indignado. – É dever dos cidadãos arcar com as despesas. São gastos para o bem comum.

Esopo pensou na pobreza que vira nas ruas e nos casarões que lhe mostraram, pertencentes àqueles senhores, e disse apenas:

– Porém, tudo tem um limite. Ou então...

Nem mesmo o silêncio raivoso dos conselheiros foi capaz de abafar o clamor de ódio que vinha das ruas da cidade, que subia a colina onde se situava a cidadela e penetrava no prédio de mármore de onde o conselho governava a cidade. Até porque era nítido que a turbulência das ruas estava a cada instante mais próxima.

Os conselheiros também percebiam isso. Logo o povo tomaria aquele salão. Trocaram olhares assustados e, finalmente, um deles disse:

– O povo o escuta! Ama suas fábulas. E o respeita. Disso estamos avisados. Fale com eles, então. Conte uma história que lhes inspire a docilidade. Convença-os de que essa revolta não levará a nada. Prometa em nosso nome que haverá mudanças.

Sempre de cabeça baixa, Esopo permaneceu quieto por um momento e então murmurou:

– Receio que seja tarde!

Dizendo isso, voltou as costas para aqueles homens, deixando-os sentados em seus tronos, enquanto a luz do sol escapava para fora do prédio, como se também ela se retirasse, abandonando os conselheiros sem ação, inertes, aguardando o fim.

Conta-se que nenhum deles sobreviveu àquela noite.

9
O Pastor Gozador

Certa vez, na Tessália, onde fica o Monte Olimpo, existia um pastor que possuía um belo rebanho de ovelhas. Ele costumava levar seu rebanho para pastar bem longe, nas montanhas. No entanto, para um pastor, dedicava-se a um divertimento muito curioso...

Vez por outra, sabendo que havia outros pastores por perto cuidando de seus animais, começava a berrar:

— Socorro! Socorro! Uma alcateia! Vou ser devorado! Ai, minhas pobres ovelhinhas! Socorro!

Muito solidários, os pastores acorriam de todos os lados, com seus cajados e cachorros, para afugentar os lobos. E, quando chegavam, o pastor caía na gargalhada, debochando deles.

Os pastores ficavam furiosos. Por várias vezes, caíram no truque, até que um dia, em torno de uma fogueira, à noite, combinaram entre eles que nunca mais seriam enganados:

— Ele que grite à vontade da próxima vez! — disse um deles. — À noite, quem vai rir, somos nós!

No dia seguinte, ao cair da tarde, estava o pastor gozador tomando conta de suas ovelhas quando, de repente, ao levantar a vista para as rochas que cercavam o lugar onde pastavam seus animais, percebeu que estava cercado por um bando de lobos. Eram muitos, ladravam, suas goelas pareciam sem fundo, suas presas, verdadeiras lanças, e uma baba espessa lhes escorria pelos famintos beiços, já prevendo o sabor de carne de ovelha e sangue quando estraçalhassem o rebanho.

O pastor se acabou de tanto gritar por socorro, mas ninguém veio ajudá-lo dessa vez. Seus amigos, ao longe, ao escutarem seus berros, deram de ombros, acreditando que seria outro blefe.

— Ninguém vai rir da gente desta vez! — resmungou um deles.

Nem o pastor debochado nem as suas pobres ovelhas escaparam das garras dos lobos.

– Bem feito para ele! – disse Heitor. – Todo mortal deve pagar por seus erros. É a vontade dos deuses.

Os demais marinheiros concordaram com o companheiro, assentindo em silêncio. Esopo fitou-os por alguns instantes, depois elevou seu olhar para o céu. Era uma noite muito clara, cheia de estrelas. A embarcação mal balançava sobre as ondas – o que era raro no Egeu. Deveriam chegar a Creta pouco depois do amanhecer. O contador de fábulas permaneceu em silêncio, o que incomodou os marinheiros:

– O que está procurando nos céus, Esopo? – perguntou, afinal, um deles.

Já não se sentia tão jovem. E talvez estivesse mesmo envelhecendo, já que escutar certas coisas, repetidamente, começava a entediá-lo. Sim, era o que achava daquelas frases feitas, muito, muito chatas!

– Estou vendo se nas estrelas encontro alguma pista da vontade dos deuses... – disse Esopo, com um suspiro.

A maioria dos marinheiros ficou na dúvida sobre o que o contador de fábulas estava falando. Mas houve uns poucos que sorriram.

Não era uma travessia curta, de Atenas até Creta. Nem fácil. Existiam trechos onde precisavam se afastar da costa até perdê-la de vista, enfrentando o estômago feroz do Mediterrâneo. E sempre confiando nos remos e no vento, que inflava as velas do navio quando bem entendia, ou os deixava parados, à deriva, quando não os arrastava para fora da rota.

– Éolo é caprichoso! – diziam, referindo-se ao deus dos ventos. E essa era mais uma das frases que, de tanto ser escutada durante as travessias marítimas, contribuía para aumentar o tédio de Esopo. – Olhe o que fez com Ulisses, que ficou dez anos perdido nesses mares.

De fato, em grande parte da viagem, era quase como se usassem o instinto como orientação para navegar. Principalmente à noite. Havia histórias sobre embarcações que, atravessando aquelas mesmas águas, jamais tinham alcançado o porto de destino. Eram muitos os perigos; os reais, que muitos daqueles experientes marujos já haviam enfrentado, e aqueles dos quais preferiam não falar.

– Por que nos contou essa história, Esopo? – indagou Ageu, o mais velho dos marujos a bordo. – Por acaso teme que nossos vigias saiam dando alarmes falsos?

– Ora... – sorriu Esopo. – Precisa haver um sentido tão direto nas fábulas que conto? São histórias para passar o tempo.

– Mas sempre escutamos em Atenas e em outras partes que suas histórias carregam um sentido, uma lição. Você é famoso em muitos lugares da Grécia, Esopo! Não finja que não sabe disso.

– Se é assim – replicou Esopo –, não sou eu quem dou esse sentido a elas. E talvez não tenha ainda aprendido a lição que contêm. Fazem isso por vontade própria. Não é minha culpa.

Ageu encarou Esopo por instantes. Abaixo do capitão, era ele o marinheiro mais respeitado naquele navio. Os marujos comentavam que era quem de fato entendia de navegação ali, quem farejava a rota a seguir pelo rastro das estrelas. E foi o veterano, então, quem pediu, abrindo a bocarra numa risada:

– Certo, então! Que não façam sentido nem queiram nos ensinar nada, mas conte mais uma. Como você disse, servem para passar o tempo. De noite, só nos resta confiar na âncora! É quem faz o trabalho, nessa hora morta.

Esopo desistiu das estrelas, então, e voltou a passear os olhos pelos rostos daqueles homens rudes, mas com os quais se entendia perfeitamente, e começou a narrar mais uma fábula.

10
Pescador de Águas Turvas

Havia, há muito tempo, um belo rio que atravessava uma região plana. Era um rio bastante fértil. Além de oferecer sua água fresca e cristalina a todos, para matarem a sede, em alguns pontos se alargava, e ali era rico em peixes.

Aconteceu, então, de um certo pescador inventar uma nova maneira de pescá-los, que achou infinitamente menos trabalhosa e mais rentável. Em vez de lançar sua rede ou seu fio de pesca, como todos faziam, estendeu sua rede de uma margem à outra, acima de um desses poços mais largos, armando uma barreira na correnteza. A seguir, com uma vara comprida e rija, começou a bater na água, assustando os peixes.

Com isso, os peixes se lançaram da maneira mais atabalhoada à frente, tentando escapar do perigo que imaginavam estar a persegui-los, e se atiravam na rede.

Um morador da região, indignado, reclamou:

— Não faça isso! Você está levantando o lodo do fundo do rio e turvando a água. Desse modo, todos ficamos impedidos de bebê-la.

— Mas se não turvar o rio, não pego meus peixes! — replicou o pescador.

E, assim, continuou a fazer do seu jeito...

– "Pescador de águas turvas"! – grunhiu Ageu. – Tem muita gente assim.

Esopo sorriu, mas logo soltou um bocejo:

– Amanhã temos muito que navegar até Creta! Estou cansado, meus amigos!

Mas não se recolheu logo. Afastou-se até o recanto do convés onde iria montar seu leito rústico: uma manta para amaciar um pouco o tombadilho sob sua corcunda e uns trapos para protegê-lo do frio da brisa marítima. E, sozinho, debruçou-se na amurada. As ondas traziam murmúrios. Esopo disse para si mesmo que bem gostaria de acreditar que fossem mensagens dos deuses, ditas em voz baixa e num idioma que, se apurasse o ouvido e o espírito, poderia compreender.

No entanto, escutava somente os rumores das pequenas ondas, chocando-se no casco da embarcação, o sopro do vento, o estalar das cordas das velas e do madeirame. Mais nada.

– Ah... um dia vou estar velho demais para suportar essas viagens! – murmurou.

Porém, toda vez que pensava em se aquietar, a ideia parecia perturbá-lo. Não tinha muitas lembranças de seu passado. Pelo que sabia, fora vendido como escravo na ilha de Samos. Portanto, era razoável pensar que nascera lá. Mas não tinha memória desse tempo tão remoto. Nenhuma. Atenas era onde mais se aproximava de um lugar ao qual sentisse pertencer. Tinha pessoas queridas ali. Fora onde iniciara sua vida como homem livre, e dali saíra para realizar o sonho de conhecer o que pudesse do mundo.

Foram tantos sofrimentos, também... Era como se estivesse fazendo um balanço de seus anos consigo mesmo. E, por alguma razão, essas reflexões o entristeciam. Não sabia ao certo a razão disso. Talvez uma sensação... "Pressentimentos?", pensou. "Maus pressentimentos?".

De fato, já não se sentia tão jovem. A corcunda lhe pesava mais do que nunca. Caminhar desabado sobre o cajado lhe causava dor constante – e, às vezes, enlouquecedora – nas costas e nos quadris. Mas sabia também que não era isso que mais o incomodava. Era a impressão permanente de estar sendo observado. Como se os deuses estivessem avaliando se para eles fora vantajoso terem lhe concedido a graça da fala, anos antes. Ou como se ele fosse, para os imortais, um entretenimento, como um vaga-lume preso dentro de um pequeno vaso de porcelana transparente, que eles observavam, vez ou outra, para esquecer do tédio que os consumia.

"Atenas... Palas Atena! Olhe, veja aqui dentro de mim, você sempre soube que eu não me sentia tão agradecido assim aos deuses, não é? Do que está me cobrando agora? Ou é esse seu irmão, Apolo, tão cioso de ser o deus sol deste planeta e de todos os viventes?"

Finalmente, deixou a murada e, equilibrando-se com dificuldade no tombadilho, que balançava ao sabor das marolas, capengou até seu canto e aninhou-se lá, buscando o sono, que demorou bastante a chegar.

11
A Feiticeira

Existiu, certa vez, em terras do lado misterioso do Mediterrâneo, onde começa o Oriente, uma feiticeira que preparava, com ervas, pedras e outros segredos, remédios para tratar dos males que afligiam as pessoas. Algumas dessas poções eram até mesmo usadas para afastar o olhar dos deuses sobre algum amaldiçoado mortal, e desse modo evitar seu extermínio. Ela também ajudava a trazer crianças ao mundo, quando as mães não conseguiam fazê-lo naturalmente, e curava rebanhos e mesmo pomares e hortas atingidos por pragas.

Por conta disso, era bastante estimada. Mas não pelos sacerdotes da região. Esses reclamavam que, por causa dos trabalhos daquela mulher, os deuses recebiam cada vez menos oferendas, assim como os templos e os próprios sacerdotes. E acusavam-na também de desafiar os deuses e os desígnios dos imortais para as criaturas humanas e as coisas do mundo.

— Se alguém tem de morrer, ou deixar de nascer, ou se a fome tem de se abater sobre uma família ou mesmo sobre uma aldeia inteira, trata-se da vontade dos deuses. Não cabe a nenhum mortal, ainda mais uma mulher e plebeia, contestar isso.

Tanto fizeram que um dia o conselho da cidade resolveu prender e punir a feiticeira. Temiam que os cidadãos começassem a acreditar que as coisas — como a submissão e a pobreza —, embora também desígnios dos deuses, pudessem ser mudadas. A mulher foi condenada a morrer apedrejada.

No dia da execução, os sacerdotes a cercaram, debochando de seu triste destino. Um deles disse:

— Está vendo, herege? Você queria ser maior do que os deuses e vai ser reduzida a nada agora por vontade deles.

— Não é a vontade dos deuses que me pune. Vocês não percebem, mas estão provando que existe algo mais forte a interferir no mundo.

— Mais forte do que a vontade dos deuses? Nem no instante antes da sua morte você se curva ao divino, mulher? Do que está falando?

— Do apego ao poder e da ignorância dos homens!

E, recusando-se a dizer qualquer coisa mais aos sacerdotes, caminhou sem hesitação para o lugar onde seria apedrejada.

Ao chegar a Creta, essa foi a primeira fábula que Esopo contou, na praça central, a Ágora de Heraklion, a principal cidade da ilha.

Creta era uma grande ilha, uma das maiores do Mediterrâneo. Seu povo possuía tradições próprias – até por terem, num tempo quase já fora da memória, dominado aqueles mares e submetido muitas cidades do continente e das ilhas em torno ao pagamento de tributos. Tributos, aliás, que eram pagos não somente sob a forma de mercadorias, ouro e mantimentos, mas também por exigência dos sacerdotes locais, com a entrega de adolescentes para serem sacrificados aos deuses cretenses.

Na velha Cnossos – que já era uma ruína abandonada nesse tempo de Esopo – erguia-se o palácio do antigo rei Minos, com seus salões e altares de culto ao deus que provoca os terremotos, Poseidon, e ao seu filho, que, segundo as crenças, era uma criatura gigantesca, metade homem, metade touro, que habitava o labirinto por baixo da cidade. As dimensões exatas desse labirinto ninguém conhecia. Quanto ao seu tenebroso senhor, ninguém o vira e escapara para descrevê-lo. Ele se alimentava exclusivamente de carne humana. Para ele, eram entregues os jovens, trazidos de outras terras, curvadas ao poder de Creta.

Falava-se também de um herói, Teseu, que havia colocado um fim a esse medonho culto, matando o Minotauro. Teseu chegou a se tornar rei de Atenas. Protegido dos deuses e talvez um grande líder, comandou a revolta das cidades da Ática contra Creta.

Mas isso, se acontecera, fora em outros tempos, cerca de seiscentos anos antes. O império minoico já não existia. Seus palácios e templos haviam virado escombros, soterrando até mesmo os fantasmas daqueles deuses tão brutais.

Já nesse primeiro contato com os cretenses, Esopo reparou num grupo de sacerdotes que o observava a distância, trocando comentários. E, por alguma razão, lembrou-se de um conselho de Ladmon:

– Você devia encerrar suas histórias com uma frase, algo que resumisse tudo, que lhe desse um sentido. Uma mensagem, uma moral.

– Mas, Ladmon! – protestou Esopo. – São histórias. Não embarcações que devem chegar a um porto determinado. Não podem ter uma âncora, ou ninguém, além dos que aceitarem esse rumo, poderá navegar nelas.

– Sim, e é aí que está o perigo. Do jeito que as deixa, qualquer um pode colocá-las no rumo que quiser. Podem, por malícia, falar que dizem o que não dizem. E usá-las como acusação contra você.

Avistando aquele grupo de sacerdotes lançando-lhe olhares de esguelha e cochichando entre si, Esopo disse para si mesmo:

– Sábio Ladmon! Prudente Ladmon!

E, percorrendo a multidão com um olhar, limitou-se a iniciar mais uma fábula.

12
A Cigarra e a Formiga

Certa feita, estando a deusa Deméter particularmente desgostosa com a humanidade, permitiu que o inverno aumentasse de intensidade a tal ponto que já havia sobre a Terra quem pensasse que o frio, o vento e o cinzento que velou os céus jamais iriam embora, e que toda a vida neste mundo seria exterminada, debaixo de camadas e mais camadas de gelo.

Ora, o verão anterior fora, particularmente, generoso com os mortais. Para as formigas, foi um período de muito trabalho. Queriam aproveitar ao máximo as vantagens do bom tempo para colher e estocar alimentos, já prevendo que dias mais difíceis poderiam chegar.

Entretanto, enquanto as formigas trabalhavam, uma cigarra permitia-se aproveitar o sol, o calor, os aromas deliciosos. E ainda se dava ao luxo de dizer às formigas:

— Ó, amigas! Deveis me ver como uma sacerdotisa, que aqui está para iluminar o vosso caminho pelo mundo, que sem mim seria somente bruto e sem sentido!

As formigas nada lhe respondiam. No entanto, quando o rigoroso inverno chegou, por causa dos maus humores de Deméter, a cigarra solicitou:

— Onde está a paga da sua sacerdotisa, pela luz que lhes ofereci? Tenho fome. Tenho frio. Como retribuirão o benefício que lhes fiz?

— Ora, sacerdotisa-cigarra! — respondeu uma formiga. — Com toda nossa devoção!

Como a devoção não queria, para as formigas, dizer nem alimento, nem algo que produzisse calor, deixaram a sacerdotisa-cigarra ser congelada pelo azedume da deusa Deméter.

Ao escutar mais essa fábula, um dos sacerdotes segredou aos demais:

– Ali está um estrangeiro! Um ex-escravo! Alguém que, na sua aparência, os deuses deixaram marcada e evidente, estampada e exposta sua abominação. Hoje devem se perguntar como puderam permitir que existisse, no mesmo mundo em que os templos de mármore refulgem, uma aberração dessas. E que ainda por cima se mostra tão desrespeitosa em relação aos imortais. Foi um ex-cativo incapacitado pela gagueira, em Atenas e, segundo contam, a própria Palas Atena lhe deu o poder da fala e exigiu que seu dono o libertasse. E agora vejam o que ele diz sobre os deuses. E sobre os sacerdotes, que são a voz dos imortais na Terra! Essa criatura é a própria ingratidão! Os deuses não o deixarão impune!

Esopo decidira que Delfos seria sua última parada antes de retornar a Atenas. Não sabia ao certo quem traçava seu caminho. Talvez ele próprio; ou não. Seguia apenas uma voz interior que lhe dizia que tinha de conhecer o oráculo consagrado a Apolo – o local mais sagrado de toda a Hélade, ou Helas, a Grécia.

Se essa tal voz interior o conduzia para uma emboscada, não poderia saber. Talvez fosse uma artimanha dos deuses, que costumavam brincar com o destino dos mortais para escapar do tédio de sua imortalidade.

– Ou talvez seja exigido de mim que encare aquele que tanto antipatiza comigo, Apolo, o deus sol – dizia Esopo a amigos que fazia pelo caminho. – Que lhe peça perdão por qualquer ofensa que eu tenha urdido contra ele ou contra seus irmãos, sejam olimpianos ou qualquer divindade do vasto panteão grego. Que lhe implore pela graça de me permitir alcançar a velhice e, quem sabe, pelo sossego que jamais tive.

– Ou pode ser simplesmente que você esteja indo ao encontro da morte! – diziam, receosos, alguns.

Esopo dava de ombros. Amava a vida. Amava o Sol. Amava fechar os olhos e ver as criaturas de suas fábulas tomarem conta de sua mente, como se lá fosse um palco. Amava a música, a boa comida, o convívio com as pessoas. E, mesmo assim, lá ia ele para Delfos.

Todas as cidades, governos e populações da Grécia respeitavam o santuário. Nas suas cercanias, ou nos caminhos que levavam peregrinos para escutar a Pitonisa, a sacerdotisa de Apolo, aquela que transmitia suas profecias, não se podia assaltar nem matar. Quem fizesse isso estava correndo o risco de roubar do próprio deus arqueiro alguma oferenda que lhe estivesse sendo destinada. Ou de privá-lo de alguém que ia a Delfos para lhe render homenagens. Apolo e suas flechas, que jamais deixavam escapar o coração, o centro da testa, entre os olhos, ou os próprios olhos, varando-os e rasgando o cérebro, órgãos e carne de suas vítimas, não perdoavam esse tipo de ofensa.

O templo de Delfos, oráculo de Apolo, era todo organizado em torno da Pitonisa. Escolhida pelos sacerdotes, era substituída de tempos em tempos. Mas, durante seu ofício, era tão sagrada quanto o próprio templo. Como se fosse uma entidade intermediária entre os deuses e os seres humanos.

Quando entrava na sala principal do santuário, fazia-se silêncio. Nas chamas que revelavam a presença de Apolo, segundo os fiéis, a Pitonisa deixava vagar sua mente, até que saíam de sua boca palavras que somente os sacerdotes sabiam decifrar. Era Apolo falando pela Pitonisa. A seguir, os sacerdotes traduziam e interpretavam a profecia para o solicitante e recebiam dele o pagamento, as oferendas.

Muitos pais mataram seus filhos recém-nascidos por escutarem ali que aquelas crianças estavam destinadas a assassiná-los e a roubar seu poder e riquezas. E muitos filhos mataram seus pais por receberem da sacerdotisa – ou de seus intérpretes – a mensagem de que, se assim não o fizessem, seriam eles os supliciados. Muitos maridos lançaram suas esposas em piras, matando-as queimadas, segundo os costumes gregos, alertados pela Pitonisa e pelos sacerdotes de que elas lhes eram infiéis. Seguindo as profecias do deus, negócios, sociedades, amizades haviam sido desfeitas. Guerras haviam sido declaradas. Assim como foram realizados casamentos, viagens a terras desconhecidas, grandes empreitadas.

Diversas tragédias gregas, como as que seriam encenadas em Atenas, décadas depois, com a criação desse gênero para o teatro, e peças que se tornariam mais imortais do que os imortais se iniciaram ou tiveram seus momentos mais dramáticos por conta de profecias engendradas naquele templo.

Fosse como fosse, não era um lugar que agradava a Esopo, assim como o contador de fábulas foi recebido ali com extrema desconfiança por parte dos sacerdotes.

"Estou em suas mãos, agora, Apolo!", pensou Esopo, ao entrar no templo. "Que a trama comece!"

13
OS MERCADORES INDECISOS

Depois de uma exaustiva jornada, sempre acompanhando a beira do mar, um grupo de viajantes chegou a uma colina. Eram mercadores e, cada qual com os artigos que tinham para vender ou os planos do que pretendiam comprar, esperavam fazer bons negócios quando alcançassem a cidade, um importante porto da região.

— Nunca se sabe! — disse um deles, receoso. — O comércio é sempre um risco. É possível que nos enganemos no que vamos vender ou comprar e acabemos fazendo péssimas transações. Assim, pode ser que a deusa da fortuna nos reserve a ruína, em um futuro próximo.

— Ou poderemos ser roubados! — alertou outro. — E assim acabaremos do mesmo modo, sem nada. Até mesmo assassinados.

— Ou quem sabe não conseguiremos nos decidir sobre o que devemos negociar e acabemos perdendo as oportunidades... — lamentou-se outro. — Será que não há uma maneira de saber, por antecipação, o que a deusa da fortuna nos reserva? E se lhe prometermos belas oferendas em troca de bons lucros?

— Mas aí todo nosso ganho será gasto nisso, e deixaremos nas mãos dos sacerdotes da deusa o que deveríamos levar de volta para casa — raciocinou o último deles.

— O que fazer, então? — disseram, em coro, desesperados.

Nessa altura, já haviam arriado no chão, parecendo que o medo diante de tantas possibilidades adversas os havia imobilizado. Um deles, depois de algum tempo de prostração, sugeriu:

— Dizem que o destino dos homens está escrito nos céus. Será verdade?

Todos ergueram os olhos para as nuvens. Mas, se o que lhes reservava a sorte estivesse gravado ali, acima de suas cabeças, não eram capazes de entender a mensagem.

– É para isso que existem os sacerdotes! – disse um cidadão que escutava Esopo, na entrada do oráculo. – São eles que sabem ler os desígnios nos sinais celestes. Os mercadores da sua fábula não conheciam esse segredo e, se vieram augúrios, não os perceberam.

Esopo fez um movimento de cabeça que cada um interpretou como quis. Então, outro homem interpelou-o, irritado:

– Espere aí, corcunda! Conte logo o fim da história. Vim de muito longe para consultar o oráculo e já perdi tempo demais aqui com você. O que aconteceu com os mercadores? O que a deusa da fortuna lhes reservava?

– Não há mais o que contar – disse Esopo, baixando a cabeça.

– Como não? É evidente que não nos contou o fim.

– Ora, pensem – pediu o contador de fábulas. – Nem a conversa entre os mercadores, especulando sobre o futuro, nem a tentativa deles de enxergar o que não estava no céu os levaria a lugar algum. Se essa história prosseguisse do jeito que ia, assim como as dúvidas dos mercadores, nada mais poderia acontecer.

Os ouvintes continuaram sem entender. Esopo, até então sentado numa pedra, ergueu-se com a ajuda do seu cajado e se afastou. Percebera que estava, novamente, sendo observado a distância. Outro lugar, outro momento, mas era de novo um grupo de sacerdotes – esse do templo de Apolo – que cochichava entre si.

14
O Leão e o Galo

É sabido que, no reino dos animais, o leão, embora soberbo, poderoso e dotado de um rugido que faz o próprio ar estremecer, como nas tempestades, morre de medo do galo.

Não se sabe o motivo. Talvez algo que tenha acontecido ainda nos primórdios, no tempo da fundação do mundo e das criaturas que o habitariam.

Magoado por conta dessa sua fraqueza e não sabendo mais o que fazer, o leão foi queixar-se a Zeus, dizendo:

— Senhor do Olimpo e dos imortais que lá têm sua morada, escuta-me, eu suplico! O senhor me criou grande e bonito. Minha juba cai sobre meu dorso como se fosse um manto imperial. Meus dentes e minhas garras dilaceram qualquer carne ou estraçalham os ossos das minhas presas. Posso escolher entre qualquer animal qual deles vai me servir de refeição, enquanto eu, dotado de patas mais poderosas do que as de qualquer fera terrena, não tenho nenhum predador que venha me caçar. Apesar de tudo isso, tenho medo do galo! Como o senhor pôde fazer isso comigo? E de onde vem esse meu medo, que me descontrola quando ouço, mesmo a distância, aquele fatídico co-co-rí-cóóó?

— Hum... Medo do galo! — resmungou Zeus, que odiava escutar reclamações sobre sua obra. — Você, um leão, com medo dessa pobre ave que nada mais faz na vida do que soltar seu cocoricó?

— Sim, senhor!

— Não pode deixar que o galo cante, como é da sua natureza, sem se perturbar?

— Não, senhor! — apressou-se a dizer o leão, agitando a juba.

— E ficaria mais tranquilo se ele se emudecesse?

— Seguramente, sim, Senhor dos Relâmpagos!

— Bem, seu tratante, ouça bem o que decido... Não é culpa do galo, nem minha, esse seu medo. Mas exclusivamente sua. Suma da minha frente e vá tratar de fortalecer seu espírito, para colocá-lo à altura da majestade que você ostenta, em aparência. Vá e não me aborreça mais, ou vou botar um outro bicho no seu lugar para reinar entre os animais. Quem sabe o galo?!

Era um vaso pequeno. De ouro, sim, mas provavelmente de ouro ordinário, de baixo valor. Só que fora oferendado a Apolo e, nessa condição, imediatamente se tornara sagrado. Pelo menos pelas leis que imperavam em Delfos. Assim, seu sumiço causou grande comoção no templo e nas suas cercanias. E, principalmente, quando houve a denúncia de que o vaso fora roubado a indignação foi imensa.

Quem se atrevera?

Que mortal seria louco o bastante para desafiar o deus arqueiro?

Por menos do que isso, Apolo já havia exterminado não somente o criminoso, mas toda a sua família, além de lançar maldições sem fim aos seus descendentes, por muitas e muitas gerações.

Quem, portanto, indagavam os peregrinos, estimulados pelos sacerdotes, se mostrara tão pouco temente aos deuses?

15
A Vespa e a Serpente

Certa feita, ainda na criação dos viventes que habitariam o mundo, uma vespa pousou na cabeça de uma serpente.

Logo, começou a picá-la, enfiando seu ferrão tão fundo na carne da víbora que a deixou enlouquecida. Tanto que, para se livrar da vespa, a serpente começou a bater a própria cabeça numa pedra, até que seu crânio esfacelou-se, causando a morte tanto da vespa quanto a sua.

— Como isso pôde acontecer? — indagou um jumento, que assistiu àquele pequeno drama junto a um companheiro de espécie. — Zeus acaba de criar o mundo e os animais que vão habitá-lo. E já um deles provoca a extinção do outro? Não parece a você, irmão, que se trata de um defeito na criação? Ou será ofensa aos deuses pensar isso?

— Não sei se é ofensa ou não! — respondeu o outro jumento, baixando a voz. — O que sei é que há outras vespas no mesmo ninho da qual saiu aquela, e também que jamais escutei da boca do Senhor do Olimpo a promessa de que sua obra seria perfeita.

– E histórias como essa – prosseguiu o sacerdote, falando aos demais e às outras autoridades do templo – provam que, se há um herege entre nós, é Esopo. Todas essas... *fábulas*... como as chamam o forasteiro, são afrontas aos nossos costumes, às nossas crenças, a tudo que prezamos e consideramos sagrado. Até mesmo esse cruzamento de animais baixos, como rãs, cobras e insetos, contracenando com deuses, que deveriam ser temidos e honrados em sua absoluta magnificência, nada mais é do que uma heresia. Portanto, se há alguém na região capaz de ter roubado o vaso que pertencia a Apolo, terá sido esse Esopo. Esse que é estrangeiro, seja lá onde esteja. Que é e será sempre um ex-escravo, não importa há quanto tempo tenha sido libertado.

– E que – proclamou outro sacerdote, levantando-se – foi escutado por um servo do templo, no meio dos que lá fora esperam ser recebidos por Pitonisa, a dizer que boa é a vida dos oficiantes que vivem no santuário, a quem tantas oferendas são trazidas que não têm de trabalhar para obter seu sustento.

Um clamor raivoso, feito um zumbido de vespas furiosas atacando alguma vítima indefesa, ergueu-se ali, logo tomando conta do salão, como se fosse uma fumaça agourenta, acinzentada.

16
O Lobo Faminto

Certa vez, um lobo avistou uma cabra que pastava bem no alto de uma montanha. Era uma subida íngreme, acidentada, e ele logo percebeu que não poderia alcançá-la. Disse, então:

— Amiga cabra, cuidado! Onde você está é perigoso. Há deslizamentos e pedras que rolam lá de cima. Um passo em falso e você cairá no precipício. Será bem melhor vir pastar aqui embaixo, junto a mim. Além disso, a relva aqui é mais tenra e mais farta. Aqui, sua refeição será inesquecível!

— Inesquecível, sem dúvida! — replicou a cabra. — E também será a última! Ao me dizer para abandonar a proteção desta encosta, nem por um instante acredito que você esteja pensando no meu estômago, mas somente no seu!

O lobo uivou, frustrado, e seguiu caminho. Mais adiante, farejou um cordeirinho e disparou em sua perseguição. O cordeiro, pressentindo que não teria pernas para escapar, acabou entrando num templo. Naquele local sagrado, o lobo não poderia abatê-lo, porque, se manchasse o chão consagrado a um deus com o sangue de uma vítima, seria amaldiçoado e toda a sua descendência perseguida. Então, falou alto o lobo:

— Cordeirinho! Não imagina o perigo que está correndo! Saia já daí, ou o sacerdote desse templo irá agarrá-lo e sacrificá-lo ao seu deus!

O cordeirinho respondeu:

— Sei disso! E, se eu sair, você me devora! Quem é fraco neste mundo tanto pode ser morto pelo bem como pelo mal. Que diferença faz?

E de fato o cordeirinho não saiu. Acabou sendo imolado no altar do deus daquele templo, e suas patas traseiras, assadas, abasteceram a mesa dos sacerdotes por vários dias. Quanto ao lobo, seguiu pelo mundo de barriga vazia, tentando aplicar seus ardis.

– Acorde, Esopo! – disse a voz rouca por baixo de uma respiração pesada.

– Como acordar, se estou num sonho? – indagou o contador de fábulas, mantendo fechados os olhos.

– Como sabe que é um sonho? – indagou, surpreso, o lobo.

– Porque somente num sonho eu estaria conversando com um lobo. E também porque somente num sonho eu saberia que essa voz é de um lobo, mesmo sem abrir os olhos. E, finalmente, porque somente num sonho um lobo me encontraria aqui, dormindo, e, em vez de me atacar e me devorar, procuraria me despertar.

O animal empinou o focinho para o alto e uivou, frustrado. Então disse:

– Não sei por que me escolheram para esta mensagem. Você nunca foi meu amigo, Esopo. Sou o vilão perverso em todas as suas fábulas.

– Já pedi que me desculpe por isso! – replicou Esopo, somente abrindo em parte os olhos. – Sei que não há bichos cruéis. Não é você meu personagem, mas a maldade que é nossa, dos humanos viventes, e que colocamos em você.

– Muito sensato reconhecer isso. Mas, além de mau, na maioria das suas histórias, as presas são mais espertas do que eu, escapam de mim, e eu termino sempre com fome.

– Lamento por isso também. Mas o que veio fazer em meu sonho, afinal, além de se queixar de minhas fábulas?

– Vim levá-lo para um passeio. Há um lugar que você deve conhecer antecipadamente.

– Como assim *antecipadamente*? E quem o mandou?

– Faz perguntas demais, Esopo! Quem me deu essa tarefa não gosta de dar respostas.

Esopo abriu os olhos de vez, ergueu-se, apoiando-se em seu cajado, e passou a seguir o lobo.

Era um enorme lobo, de pelo prateado como o luar mais fulgurante, que avançava com movimentos tão graciosos que poderiam pertencer a um atleta olímpico. Não queimava em seu olhar nenhuma faísca da ferocidade irracional que seria de se esperar, mas uma inteligência viva, fluente, como se não fosse um lobo que habitasse os ermos das florestas ou das montanhas, mas, sim, as suas fábulas.

Esopo avançava com a dificuldade de sempre. Contudo, para sua estranheza, naquele percurso não lhe doía a corcunda nem nenhuma parte do corpo – sempre foi perseguido, a cada passo, por pontadas dilacerantes. Não reconhecia o lugar onde estava.

Certamente, não fora ali que se deitara para dormir, na noite anterior. Era dia agora, uma fria e nevoenta manhã. E eles subiam uma trilha pedregosa que riscava a encosta de uma colina. O lobo não tornou a falar até chegarem ao alto. O topo da colina era plano, árido. Não se via nenhum arbusto, somente fendas na pedra do terreno morto. Havia uma atmosfera triste, embora invisível, pairando sobre o cenário.

-- Você deve chegar até a beirada – ordenou o animal.

O contador de fábulas respirou fundo, já adivinhando o que iria ver. Obedeceu, entretanto. Avançou até a borda do platô e olhou para baixo:

– Se não fosse um sonho – murmurou, sorrindo –, eu estaria sofrendo uma vertigem, agora.

– É provável! – disse o lobo. – Bem alto, não?

– O bastante! – respondeu Esopo. – A queda demora?

– Um abrir e fechar de olhos! E só dói quando você bate nas pedras lá embaixo.

– Estou acostumado à dor – disse Esopo. – Por que vão fazer isso?

O lobo grunhiu, mas não deu resposta.

– Minha missão está cumprida – disse.

– É aqui então que se encerrará a grande fábula. A mais irônica.

– Sim, é o que eu devia lhe mostrar. Agora sabe como acontecerá.

– Ah, certamente! Não é dado a todos viver duas vezes um momento como este. Mesmo em sonhos.

– Tem razão... Você é um escolhido!

– Creio que deveria agradecer a graça concedida! Aos deuses, talvez?

– Os deuses gostam de agradecimentos.

– Ah, sim, irmão lobo. Gostam muito. Então, nos despedimos por enquanto? Creio que nos encontraremos em breve.

– Sim, pode ser.

Esopo sorriu. Então, despertou. Estava no celeiro onde o haviam acolhido, dormindo sobre um leito de palha.

Já esmurravam a porta, chamando aos berros por ele.

17
O Mosquito e o Touro

Num reino qualquer da Grécia, certa ocasião aconteceu um episódio que, dificilmente, alguém tenha percebido, até mesmo os deuses, que tudo veem e querem saber. Foi algo tão ínfimo que não se pode acreditar que os deuses tenham se dignado a tomar conhecimento do que ocorria. Foi o seguinte: um mosquito pousou no chifre de um touro, permanecendo lá por bastante tempo. No entanto, um dia quis ir embora e indagou ao touro:

— Você se incomoda se eu partir?

O touro respondeu:

— Não percebi quando você chegou. Então, por que notarei quando você for embora?

– Você inventou essa história, garoto? – perguntou o forasteiro, tirando um dracma de cobre da bolsa para dar ao garoto, um contador de histórias que vivia nas redondezas do templo de Apolo. Estavam em Delfos.

– Não, meu senhor! É uma história de Esopo!

No que estendeu a moeda para o garoto, Planúdio percebeu que ele era cego. Viera de Atenas cumprir uma missão, em nome dos filhos de Ladmon. Na verdade, estava ali para receber uma indenização. A bolsa com as moedas já estava atada a seu cinto. Era uma pequena fortuna. Como não era seguro viajar à noite – na verdade, nem mesmo durante o dia – com tanto dinheiro, passaria a noite em alguma estalagem, na vila perto do oráculo de Apolo. E, justamente na rua da estalagem, vira aquele garoto.

Era um garoto magro, usando uma túnica rasgada e sandálias remendadas. Pelo tom escuro de sua pele, poderia não ser da região. Um contador de histórias andarilho, ganhando pouco mais por dia do que o preço de um pão, para espantar a fome. Como não podia enxergar se tinha ou não público por perto, procurava atrair ouvintes declamando suas histórias aos berros.

– Pensei que já fizesse tempo o suficiente, desde a morte do contador de fábulas, para que o tivessem esquecido – disse Planúdio, colocando mais uma pequena moeda na palma da mão estendida.

– Ele não somente morreu, senhor – contestou o garoto, que se chamava Heleno. – Foi assassinado. E não o esquecemos! Jamais o esqueceremos. Não poderíamos. Sabe como ele se despediu da vida?

– Como o touro do mosquito? Essa é a lenda que se conta sobre ele.

– Não foi lenda, senhor. Foi a fábula que ele contou antes de o lançarem da borda do platô dos condenados. Mas não sei se era uma mensagem sobre como ia deixar a vida. Ele acreditava que as fábulas deveriam ser livres, senhor.

– Entendo... – murmurou Planúdio. Só não entendia por que as palavras daquele garoto o fascinavam tanto. – Você disse que ele foi assassinado?

– Chamaram de execução por crime de heresia. Insultos contra os sacerdotes de Apolo. O mesmo que ofender o próprio deus. Daí, mataram-no. Foi assim que aconteceu.

– Está interessado em um prato de arroz com lentilhas, garoto?

– Estou sempre interessado em comida, senhor – respondeu Heleno. – O que devo fazer em troca?

– Sabe outras fábulas de Esopo?

– Quantas o senhor quiser. – E sei também histórias sobre a vida dele, escutadas de quem as escutou do próprio Esopo.

Planúdio tocou no cotovelo do garoto e foi o suficiente para Heleno entender que o homem o conduziria.

18
O Marujo e as Formigas

Certa noite, perdida, sem dúvida, na memória enevoada dos tempos que se foram, um marujo, no cais do porto, chorava a perda de um amigo, num naufrágio. Bradava ele que os deuses eram cruéis, caprichosos e injustos, já que, no desastre, havia morrido muitas pessoas boas, inclusive aquele seu amigo.

Enquanto falava, um menino se aproximou, em silêncio, e ficou observando-o. Logo uma enormidade de formigas começou a subir pelas pilastras do cais, como se brotassem das águas.

Imerso em seu padecimento, o homem não percebeu a chegada dos insetos, até que uma delas o mordeu. A picada foi dolorosa e, por vingança, o marujo esmagou todas as formigas que pôde alcançar com seu pé.

Então, o menino aproximou-se dele e falou:

— Mas que crime é esse que cometeste? Por causa da ofensa de uma única formiga exterminastes toda uma população delas. Não vês que assim esmagastes inúmeros inocentes?

— Mas são somente formigas! — protestou o homem.

— Sim... Para os deuses, os mortais que vivem tão pouco, e são tão frágeis, também valem quase nada. Mas nada como colocar um ser humano em posição similar aos deuses para vê-lo praticando os mesmos atos de que se queixam em relação aos imortais!

Dizendo isso, o menino — que era Hermes, filho de Zeus e mensageiro dos deuses, disfarçado — pulou na água e desapareceu, deixando o homem sem resposta, nem diante das estrelas, nem diante de si mesmo.

Era uma estranha missão essa que viera cumprir. Ainda em Atenas, Planúdio decidira que, para não se meter em encrencas, cabia-lhe somente obedecer a seus amos e nada mais. Pelo menos nada mais que seus amos pudessem vir a descobrir.

Era sabido que Esopo morrera como um homem livre. Seu ex-proprietário, o falecido Ladmon, havia libertado-o muitos anos antes de sua execução, em Delfos. Quando seus filhos receberam a visita do emissário do templo, um sacerdote, pouca coisa ficou esclarecida.

– Uma indenização? – indagou um dos filhos, sem entender. – E quem determinou que o oráculo devesse pagá-la?

– Isso não me foi dito muito claramente. Talvez Apolo.

– Apolo?!

– Talvez Palas Atena, protetora do ex-escravo morto.

– Atena?!

– O fato é que – disse o sacerdote, tentando desincumbir-se de sua missão – foi provado que Esopo jamais roubou nada do templo de Apolo, em Delfos. Nem teria condições de fazê-lo. As oferendas são muito bem guardadas. Ele foi acusado... injustamente; e, portanto, executado injustamente. Foi determinado...

– Por quem?

– Isso importa? – retrucou o sacerdote. – Foi determinado que o oráculo deveria pagar uma indenização pela vida do executado. Ele não tinha parentes vivos, ao que se saiba. Assim... Bem, é uma considerável soma, meus senhores!

Foi o que encerrou os questionamentos. Mesmo a vida de Esopo não pertencendo mais a ninguém senão a ele próprio, já que o contador de fábulas não era mais um escravo, o argumento de que era grande a quantidade de moedas oferecida foi convincente.

19
Briga de Galos

No mesmo reino onde tantos e tantos bichos repetem as manias das criaturas humanas, quando não servem de exemplo para elas, havia dois galos disputando os favores de um bando considerável de jeitosas galinhas.

Finalmente, engalfinharam-se numa valente batalha de bicadas e golpes de esporões. Um deles triunfou sobre o outro, que teve de fugir e se esconder.

O vencedor, então, elevou-se no ar, alcançando o galho de uma oliveira. Dali, crista erguida e peito estufado, lançou seu cocoricó mais sonoro.

No entanto, não teve tempo sequer de concluir seu canto de vitória quando uma águia, num mergulho veloz, fechou suas garras sobre ele e o arrebatou para os céus.

Tendo assistido à cena, o derrotado deixou seu esconderijo e foi para o meio das galinhas, que trataram de seus ferimentos e, dali por diante, tiveram-no como o dono do terreiro.

– Os sacerdotes forjaram a acusação – disse Heleno, limpando os lábios, de onde escorria manteiga clarificada, usada para fazer o arroz com lentilhas. – Ficaram raivosos com Esopo, porque interpretaram suas fábulas como um alerta ao povo contra a exploração do templo. Achavam que Esopo pregava contrário a eles. Que Esopo os acusava de se aproveitar da crendice daqueles que solicitavam suas profecias.

– E ele fazia isso?

– Não sei, meu senhor – disse o garoto, cuidadoso. – O templo ainda é muito poderoso, sabe?

Planúdio sorriu.

– Embora sejam forçados a pagar indenizações, sem que se revele ao certo quem os força, sim, você tem razão de ter cautela com o que diz.

Heleno encheu a boca, novamente. A cebola dourada em manteiga enlouquecia sua língua e sua garganta. Depois de engolir mais esse bocado, retomou a narrativa:

– Conta-se que ele já sabia que ia ser executado. Não gritou, não se debateu. Deixou-se ser carregado para o platô dos condenados e tudo o que pediu foi o direito de contar uma última fábula. A do touro e do mosquito. Quando terminou, seus executores ficaram sem saber o que deveriam entender e lhe exigiram que explicasse o que estava querendo dizer.

– O que ele se recusou a fazer... – concluiu Planúdio.

– Como sempre! – retrucou Heleno, depois de mais um bocado de arroz. – Isso deixou seus executores furiosos. Acharam que aquele homem, doente, frágil, estivesse desdenhando deles. Atiraram-no imediatamente lá de cima. Diz-se que ele sequer berrou, ao cair.

– E isso será verdade? – indagou Planúdio.

– Como vou saber? Ninguém que quisesse falar a respeito assistiu à cena. Dizem também que ele sorriu quando o agarraram pelos braços e pernas e disse algo como: "Apolo, deus vaidoso! Aqui me tens!". Não faz muito sentido. Podem ser somente boatos. Mas são muitos os que acreditam nesse relato. Os condenados geralmente gritam. Gritos horrendos de se ouvir, é o que dizem. Mas não Esopo. E é uma longa queda, senhor.

Planúdio assentiu com a cabeça. Planejava visitar o platô pela manhã, antes de retornar a Atenas. Não entendia por que o sacerdote que fora levar a notícia da indenização não entregara, ele mesmo, a bolsa de moedas. Indagara isso no templo e lhe disseram que era uma condição imposta, que alguém viesse a Delfos ver tudo...

– Ver onde tudo aconteceu – disse o funcionário do templo que lhe entregara a indenização devida. – E depois contar como ele morreu na terra que foi dele.

– Esopo não nasceu em Atenas – alegou Planúdio ao funcionário.

O homem deu de ombros. Parecia entender menos o que o haviam mandado fazer do que o emissário dos filhos de Ladmon. Não tinha respostas a dar.

– Ele acreditava que as fábulas deveriam ser livres, senhor! – disse Heleno. Com outras palavras, o garoto cego somente repetia mais uma vez a afirmação, que também esclarecia pouca coisa a Planúdio.

No entanto, compreendia bem a situação. Tivesse ou não sido a indenização uma penitência imposta pelos deuses, os sacerdotes de Delfos só estavam interessados em pagar o que alegavam que deviam para poder encerrar aquela história sombria, que depunha tanto contra eles e o templo. Já o interesse dos filhos do falecido Ladmon era pôr as mãos naquela inesperada soma.

Ladmon, aliás, morrera muito depois do que fora profetizado por Hermes – que, naquela ocasião em que surgiu ao mercador ateniense, poderia estar simplesmente se divertindo, explorando, num ser humano, a agonia que geralmente sentiam diante da morte, algo que não afetava os imortais.

Planúdio era um antigo escravo da casa. Servira a Ladmon quando Esopo já não estava mais por lá. E Planúdio admirava a integridade de Ladmon. Sentia frequentemente saudades dele.

Talvez se Ladmon ainda fosse vivo pedisse respostas. Estimava Esopo. Falava bastante no contador de fábulas e repetia algumas de suas histórias, na mesa, para convidados. Lembrava sempre que Esopo não tentava explicar nem interpretar as fábulas. Apenas as declamava e as deixava pairando entre os olhares e pensamentos dos ouvintes.

Assim, a missão que trouxera Planúdio a Delfos, pelo menos no que dizia respeito ao que ele deveria receber e levar para seus amos, estava cumprida. Mas restava uma inquietude que ele iria tratar do modo que estivesse ao seu alcance. Pelo menos visitando o platô e, talvez, deixando lá alguma oferenda em memória do contador de fábulas.

Ladmon gostaria que ele fizesse isso.

20
Penas de Águia

Numa certa montanha, que cuidou de não crescer para não alcançar altura maior do que o Olimpo, caso contrário Zeus a desbastaria com seus relâmpagos, uma águia tinha seu ninho.

Certa tarde, avistou no solo uma lebre e arremessou-se sobre ela.

O que a águia não sabia era que a lebre era somente uma isca, amarrada pela pata a uma raiz. Um caçador a havia deixado ali justamente para atrair águias, as quais ele iria abater e com suas penas fabricar mais flechas.

Quando a águia baixou sobre a lebre, recebeu uma flechada certeira no peito e colidiu com o solo, já se debatendo. O caçador correu para junto dela e, quando a águia o viu e compreendeu por que estava sendo morta, disse:

— O pior para mim não é morrer, mas que isso seja ação de uma flecha feita com as penas de uma irmã minha, assim como minhas penas serão usadas para abater outras águias.

Foram suas últimas palavras antes de deixar este mundo.

Alexandria, Egito. Reinado de Ptolomeu I Sóter, século III a.C.

Demétrio era seu nome. Como responsável pela Biblioteca de Alexandria, tinha sob seus cuidados um acervo de quase um milhão de rolos de pergaminho. Ali estavam preservadas todas as grandes obras já escritas. Se não fosse pela biblioteca, muitas tragédias dos gênios do teatro grego, de Atenas do século V, assim como obras de seus maiores filósofos, como o próprio Aristóteles, teriam se perdido. Ali estavam talvez os únicos exemplares dessas obras fundamentais para a arte e o pensamento. O faraó Ptolomeu constantemente alardeava que na sua biblioteca estava guardado todo o conhecimento produzido pela humanidade. A biblioteca era sua grande obra, e Demétrio, o bibliotecário chefe, o seu funcionário de confiança ao qual ele mais dava importância.

Demétrio estava bastante familiarizado com a complexidade da vida no reino. Ptolomeu era o primeiro faraó estrangeiro depois de muitos milênios de história e incontáveis dinastias de faraós egípcios. Fora um general de Alexandre, o Conquistador, que dominara praticamente todo o mundo conhecido. Com a morte de Alexandre, seus generais dividiram as terras entre si. A Ptolomeu coube o Egito. Alexandria não era a capital histórica, a corte dos faraós do Egito. No entanto, idealizada por Alexandre e erguida por Ptolomeu, era o símbolo de um novo tempo, de uma nova cultura que o faraó grego pretendia difundir.

Não que qualquer um pudesse entrar na biblioteca e consultar os papiros. Não que o conhecimento estocado ali fosse aberto a todos. Isso seria considerado temerário. Inapropriado. Não era um lugar público, mas reservado a sacerdotes, funcionários e convidados. A biblioteca era um dos trunfos dessa nova era, o Egito ptolomaico.

Nem sempre era fácil decidir o que fazer. O caso das fábulas de Esopo, por exemplo, atormentava a consciência de Demétrio havia algum tempo.

– Aqui estão as transcrições das famosas *fábulas* – disse uma vez, apontando para uma coleção de rolos de papiro, aos seus assistentes, que reunira em segredo para tratar do assunto. – Para recolhê-las, o faraó gastou uma fortuna, mandando emissários por toda a Grécia e às demais regiões do Egeu e do Mediterrâneo por onde Esopo passou.

Até pelo Egito ele esteve, e ao longo do Nilo deixou rastros de sua fama e contadores de histórias que repetiam suas narrativas. Temos centenas delas. Não todas, porque isso seria impossível. Mas, provavelmente, a maioria. É a primeira vez que são colocadas por escrito. E a partir de relatos confiáveis. No entanto, temos também um problema.

Os assistentes sabiam bem aonde Demétrio queria chegar. Não era papel de bibliotecários interferir nos textos que recebiam. Deviam somente guardá-los. Mesmo quando, sendo narrativas orais, coubera à biblioteca colocá-las por escrito. Era dessa maneira que a biblioteca de Alexandria planejava passar à cultura humana. Como um tesouro, um fiel depositário de um legado.

Mas qual seria a melhor maneira de se manter fiel ao original, num caso como aquele? Era um problema, realmente. Um problema inquietante.

– Todos os que leem essas histórias – disse um dos assistentes – se perguntam o que querem dizer. Parece que cada uma delas é uma charada. Um enigma. E é o que as impede de ser mais procuradas. Mais repetidas. O povo gosta de escutá-las da boca dos contadores de rua. Mas as entendem somente como fantasias. Diversão. Ninguém gosta tanto assim de uma narrativa que deixa dúvidas e não respostas.

Não era um argumento novo. Somente por isso, Demétrio ainda não liberara as *Fábulas de Esopo* para as prateleiras da biblioteca.

– Se contivessem um ensinamento moral – tomou a palavra outro assistente –, algo como um bom conselho para ajudar as pessoas a procederem melhor, seriam muito mais estimadas pelas autoridades... Por todos! Seriam mais difundidas, portanto. Haveria mais consideração em relação a elas. Deixariam de ser somente histórias sobre bichos que falam e que agem como criaturas irreais. Seriam consideradas úteis! Edificantes! Não haveria o risco de serem tidas como destrutivas ou mesmo como algo que incitasse à rebeldia. O senhor sabe do que estamos falando. Há quem por ignorância, ingenuidade ou má-fé possa interpretá--las... erradamente.

Sim, Demétrio sabia.

– Tornar-se-iam... lições! – entusiasmou-se o assistente. – O fabulista que as criou as deixou imperfeitas, em sua maioria. Devem receber uma conclusão, agora.

Uma moral da história.

Era o que defendiam seus conselheiros, eles próprios bastante habituados à política da corte.

Demétrio estava tendendo a concordar. Já tivera problemas demais com esse assunto. Sutilmente, discutira-o com o próprio faraó e sabia que o soberano, tido como deus-vivo, era simpático à ideia.

– Afinal, não deveríamos deixar histórias como essas soltas... para o povo e os leitores as entenderem e usarem como bem quiserem. Isso pode ser perigoso.

Foi o que dissera o faraó. Ptolomeu entediava-se quando lhe pediam para se envolver em detalhes da gerência da biblioteca. Para ele, pelo que entendia Demétrio, não importava nada além de poder se gabar da excelência de sua obra, que ele mandara construir e mantinha com o dinheiro do Tesouro Real. A biblioteca fora feita para ser admirada, não para lhe dar dores de cabeça.

– Mas a verdade – alegava o bibliotecário chefe, e esse argumento também não era novo naquela sala, aos seus assistentes – é que Esopo não pôs nenhuma lição, nem frase, nem interpretação para fechar suas histórias. Ele não fez isso em suas histórias. Nas histórias que são dele. Que ele criou! Com que direito o faríamos nós?

– Ora, Demétrio – argumentou um dos assistentes –, você fala como se estivéssemos adulterando o texto de Esopo. Mas não existe texto nenhum, não de Esopo. Ele não deixou nada escrito, e palavras, como sabemos, não chegam aos deuses. O vento as transforma em menos do que pó, em nada, quando as carrega junto com a areia dos desertos. Como vamos saber o que diziam ao certo?

– Além do mais – prosseguiu outro, que também já utilizara o mesmo argumento muitas vezes antes –, algumas interpretações são tão evidentes. É claro que podemos determinar o que Esopo quis dizer.

– Mas que ele não disse... – murmurou Demétrio, quase para si mesmo.

– Se bem que... – tamanha foi a expressão de desalento no rosto de Demétrio ao escutar aquele "se bem que" dito num tom tão ressabiado que o assistente não teve coragem de continuar imediatamente. Mas, depois de uma pausa cautelosa, prosseguiu: – Ora, a propósito desta discussão... Bem, as fábulas foram sempre narradas oralmente e poderíamos considerar melhorar a história ao escrevê-las. É mais um cuidado para evitar interpretações equivocadas.

Uma mancha escura se formou em torno dos olhos de Demétrio, que se afundaram no poço de angústia em que seu rosto se transformou. Era o que temia. Era para isso que essa discussão abria as portas. Para ele, aquilo era uma profanação.

Por outro lado, havia o faraó, os sacerdotes e os assistentes, sempre à espreita de uma oportunidade para lhe tomar o posto de bibliotecário chefe e tantos riscos, perigos, ameaças, intrigas na corte de Alexandria.

"Como um bibliotecário deve agir quando seu trabalho depende de tantos interesses fora da biblioteca? E até mesmo do poder?" Era uma reflexão que o despertava bruscamente durante a madrugada e o impedia de reconciliar o sono. Isso acontecia com frequência. E talvez fosse a última oportunidade de ali, entre seus assistentes, propor essa discussão. Mas seria prudente? Quanto queria manter o cargo de bibliotecário chefe?

Assim, emitiu um suspiro e arriou-se na poltrona. Era evidente que a oposição de seus assistentes mais graduados e, de certa maneira, a do próprio faraó, o grande patrono da biblioteca, obrigaria-o a emendar as transcrições das fábulas, colocando em cada uma, ao final, uma frase que fixasse seu sentido. Seria isso ou as *Fábulas de Esopo* não teriam lugar nas prateleiras da biblioteca. O que equivaleria a ser esquecidas, que a humanidade jamais tomasse conhecimento de sua existência.

Por outro lado, se permitisse que colocassem um final explicativo nas histórias, seria dessa maneira que as gerações do futuro conheceriam as *Fábulas de Esopo*. Não como aquele que pregava a liberdade das fábulas, mas como um contador de histórias pretendendo dar lições de moral a todos. Sem dúvida, existiriam até mesmo escritores que, encantados pela beleza das breves narrativas e pelo poder de síntese que expressavam, reproduziriam-nas, citariam-nas, adaptariam-nas, sempre com uma moral da história ao final.

"Quem sabe isso se torne até mesmo a marca do gênero inventado por Esopo, a característica mais conhecida das fábulas. A moral da história será atribuída a ele." O pensamento lhe causou um arrepio. O estômago azedou-se, de desgosto. A cabeça lhe pesou.

"Ou será tola a esperança minha de pensar que essas histórias poderão ser lidas, no futuro, por quem despreze esses acréscimos, esses penduricalhos? Quem adivinhe como e por que, sendo tão discrepantes, foram colocados ali? Estarei preservando ou condenando a obra de Esopo?"

Sem coragem para pronunciar as palavras que dariam por encerrada a disputa, Demétrio, bibliotecário chefe da Biblioteca de Alexandria, apenas afundou ainda mais na sua cadeira, a cabeça quase sumindo entre os ombros e fez um gesto, erguendo as mãos, como se fosse uma rendição.

21

Conta-se que, numa época em que as criaturas humanas conviviam com os entes fantásticos, um homem tornou-se amigo de um sátiro. Ora, havia chegado o inverno — e nunca fora tão severa e gelada a estação em que Deméter retira-se do mundo, em luto, durante o tempo que sua filha, Penélope, é forçada a passar no Hades com seu soturno marido, o Senhor dos Mortos.

Foi na verdade um inverno memorável. O homem, sem outro meio para espantar o frio, levava as mãos à boca e as soprava. Vendo aquilo, o sátiro perguntou por que fazia isso. O homem respondeu que era para aquecer suas mãos.

Noutra ocasião, entretanto, foi servida a eles uma sopa fumegante e, não suportando levar a tigela aos lábios, o homem assoprava com força o espesso caldo da borda antes de sorvê-lo.

Novamente, o sátiro perguntou ao homem por que fazia aquilo, e o mortal respondeu que era para esfriar a sopa. Então, o sátiro declarou:

— Se é assim, não quero mais a sua amizade. Vou me afastar de você e nunca mais lhe dirigirei a palavra.

— Mas por que, meu amigo?

— Ex-amigo, já disse. E a razão é simples. Se você, com a mesma boca e o mesmo sopro, combate tanto o frio quanto o calor, a convivência com a sua pessoa pode ser bastante perigosa.

Moral da história

Devemos nos manter afastados e jamais nos tornar amigos daqueles
cujo caráter é duvidoso.

*Para Alessandra, Nathalia, Taninha, André, Luca,
Leonardo, Vicente e Olívia. Com amor!*

L. A. A.

Sobre o autor

LUIZ ANTONIO AGUIAR é carioca, rubro-negro, escritor, candidato a cronista da primeira jornada tripulada ao planeta Marte, professor de Literatura, polemista e ensaísta, animador de oficinas de criação literária. Começou a carreira em 1985 e de lá pra cá publicou muitos livros, ganhou prêmios no exterior e no Brasil, inclusive dois Jabuti.

Tradutor, consultor editorial para várias casas do mercado, roda o Brasil conversando sobre "Literatura na Vida da Gente" em colégios, eventos do mercado editorial, bibliotecas, livrarias, espaços públicos. Tem um *blog* em que publica folhetins de aventura e um debate permanente sobre Literatura *pop* e clássicos (http://luizantonioaguiar.blogspot.com.br/). Tem também um *site* com o catálogo completo de suas obras (https://www.luizantonioaguiar.com.br/). É casado, tem dois netos e mora no Rio de Janeiro.

*Pela Energia que me inspira e prossegue comunicando muito além da minha expressão,
dedico ao exercício de humanidade e ao mundo.*

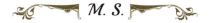
M. S.

Sobre a ilustradora

MÁRCIA SZÉLIGA nasceu em 1963, em Ponta Grossa, Paraná. Mora em Curitiba desde a adolescência. É formada pela Escola de Belas Artes do Paraná, realizou diversas exposições no Brasil e exterior. Viajou à Polônia com bolsa de estudos do governo polonês para estudar a língua de suas origens e fez uma especialização em Desenho Animado na Academia de Belas Artes de Cracóvia. Ilustrou mais de 100 livros e é autora de 5 títulos.

Impresso em papel offset 120 g, no miolo, e, em cartão 300 g, na capa, na Corprint Gráfica e Editora Ltda., São Paulo, SP, em junho de 2017.